Wine Comes in
at the Mouth
And Love Comes in
at the Eye

William Butler Yeats

지은이

W. B. 예이츠 William Butler Yeats, 1865.6.13~1939.1.28

아일랜드의 더블린에서 유명한 초상화가의 아들로 태어났다. 더블린과 런던을 오가며 화가수업을 받다가, 런던의 세기말 시인들과 시인 클럽을 결성하면서부터 시에 전념하게 되었다. 초기에는 주로 낭만주의풍의 서정시를 썼고, 사실주의적인 시풍을 거쳐 심미주의 및 상징주의 시풍으로 거듭났다고 평가되며, 1923년에 노벨문학상을 수상하였다. 그는 정치인으로서 1922년과 1925년에 아일랜드자유국의 상원의원으로 임명되어 검열, 건강보험, 아일랜드어, 교육, 저작권 보호, 국제연합 가입 등과 같은 현안들에 관심을 쏟기도 하였다.

엮고 옮긴이

김천봉 金天峯, Kim chunbong

1969년에 완도에서 태어나 항일의 섬 소안도에서 초·중·고를 졸업하고, 숭실대 영어영문과에서 학사와 석사, 고려대 대학원에서 박사학위를 받았다. 숭실대와 고려대에서 영시를 가르쳤으며, 19~20세기의 주요 영미 시인들의 시를 우리말로 번역하여 소개하고 있다. 현재 '소명영미시인선'을 내고 있으며, W. B. 예이츠 시선집『술은 입으로 들어오고 사랑은 눈으로 들어온다』는 네 번째 시집이다.

소명영미시인선 04
W. B. 예이츠 시선집
술은 입으로 들어오고 사랑은 눈으로 들어온다

초판발행　　2024년 7월 20일

지은이　　W. B. 예이츠
엮고 옮긴이 김천봉

펴낸이　　박성모
펴낸곳　　소명출판
출판등록　　제1998-000017호
주소　　서울시 서초구 사임당로14길 15 서광빌딩 2층
전화　　02-585-7840
팩스　　02-585-7848
이메일　　somyungbooks@daum.net
홈페이지　　www.somyong.co.kr

ISBN　　979-11-5905-930-8 93800
정가　　13,000원

소명영미시인선 04

W. B. 예이츠 시선집

술은 입으로 들어오고
사랑은 눈으로 들어온다

Wine Comes in at the Mouth
And Love Comes in at the Eye

W. B. 예이츠 지음
김천봉 엮고 옮김

차례

3

에필로그 277

프롤로그

망토, 보트와 구두

The Cloak, the Boat, and the Shoes

"뭘 그리 곱게 화사하게 만드나?"

"슬픔의 망토를 만드네.
아 만인의 눈에 사랑스러워 보이는
슬픔의 망토가 되도록,
만인의 눈에."

"나부끼는 돛으로 뭘 건조하나?"

"슬픔을 위해 배를 건조하네.
아 바다에서 재빠르게 밤낮없이
방랑자 슬픔이 항해하도록,
밤낮없이."

"그리 하얀 양털로 뭘 짜나?"

"슬픔의 구두를 짜네.
그 걸음걸이가 소리 없이 가벼이

슬픈 만인의 귀에 들리도록,

급작스럽지만 가벼이."

사랑과 인생

술은 입으로 들어오고 사랑은 눈으로 들어온다
우리 늙어 죽기 전에 알아야 할 진리는 그뿐

호수의 한 섬으로

To an Isle in the Water

수줍고도, 수줍은,
내 가슴의 수줍은
여인이 불빛에 젖어 움직인다
구슬피 떨어져서.

여인이 접시들을 들고 와서
줄줄이 늘어 놓는다.
호수의 한 섬으로
그녀와 떠났으면.

여인이 초를 들고 와서
커튼 처진 방을 밝힌다,
문간에서 수줍고
어둠 속에서도 수줍은,

토끼처럼 수줍은,
삼가고 수줍은 사람.
호수의 한 섬으로

그녀랑 도망쳤으면.

낙엽

The Falling of the Leaves

가을이 우리를 애무하는 긴 이파리들에
보릿단 속의 생쥐들에도 온통 물들었소.
머리 위의 팥배나무 이파리들에도 노랗게,
젖은 산딸기 이파리들에도 노랗게.

시들해지는 사랑의 시간이 어느새 우리를 에워싸,
우리의 슬픈 영혼들이 지치고 지쳐 버렸네요.
헤어집시다, 열정의 계절이 우리를 잊기 전에,
당신의 수그린 이마에 입을 맞추고 눈물 흘리며.

버드나무 정원 내리막길에서

Down by the Salley Gardens

버드나무 정원 내리막길에서 나의 임과 나는 만났네.

임은 눈처럼 하얀 작은 발로 버드나무 정원을 지나
갔네.

임은 사랑을 편히 받아들이라 했네, 잎이 나무에서 자
라듯,

그런데 나는, 젊고 어리석어, 그 말에 동의하지 않았네.

강가 어느 들판에서 나의 임과 나는 서 있었네.

수그린 내 어깨에 임은 눈처럼 하얀 손을 얹었네.

임은 삶을 편히 받아들이라 했네, 풀이 둑에서 자라듯,

그런데 나는 젊고 어리석었네, 하여 지금 눈물 가득
하네.

늙은 어부의 묵상

The Meditation of the Old Fisherman

파도야, 너희도 노는 아이들처럼 춤추며 내 발치에서
춤추지만,

너희도 빛나고 너희도 반짝이지만, 너희도 가랑거리
고 너희도 쇄도하지만,

요즘보다 따듯했던 옛 유월에는, 그 파도가 더욱 즐
거웠었지,

나의 가슴속에 갈라진 금 하나 없던 소년 시절에는.

청어도 그 물결 속에 예전만큼 없으니,

슬프구나! 잡은 생선을 통발째 수레에 싣고

숱하게 삐걱거리며 슬라이고 읍내로 팔러 다녔는데,

나의 가슴속에 갈라진 금 하나 없던 소년 시절에는.

아, 도도한 처녀야, 바닷물에 어부의 노가 잠기는 소리

들릴 때면 무척이나 고울 텐데, 옛 소녀들만 못 하구
나, 도도하게 떨어져서,

저녁이면 자갈 해변에 널린 그물 부근에서 서성거리
곤 했는데,

나의 가슴속에 갈라진 금 하나 없던 소년 시절에는.

호수 섬 이니스프리[1]

The Lake Isle of Innisfree

나 일어나 이제 가리라, 이니스프리로 가리라,

잔가지에 진흙 버무려 그곳에 작은 오두막 짓고,

아홉 이랑 콩밭에, 벌통 하나 마련해 꿀벌 치면서,

꿀벌-시끌시끌한 숲속 빈터에서 홀로 살리라.

거기서 작은 평화 누리리라, 평화가 시나브로 방울져
내리리니,

아침의 베일들에서 귀뚜라미 노래하는 데로 똑똑 떨
어지리니.

한밤은 아련한 빛 누리, 한낮은 보랏빛 누리,[2]

저녁에는 홍방울새 나래 소리 한가득.

나 일어나 이제 가리라, 밤에도 낮에도 언제나

호숫가에 나직이 찰랑대는 물소리 들으리니,

훗날 한길에 서 있어도, 잿빛 포도에 서 있어도,

깊은 가슴속에서 그 소리 들으리.

1 “이니스프리(Innisfree)”는 아일랜드어로 헤더섬(Heather Island)을 뜻하
며, 아일랜드 서부 슬라이고(Sligo) 근처의 길호수(Lough Gill)에 있는
섬을 가리킨다. 이 시는 예이츠가 1890년에 런던에서 지독한 향수병에
젖어 쓴 시로 알려져 있다.

2 “보랏빛 누리”는 ‘흐드러지게 피어난 보라색 헤더 꽃들’을 연상시키는
표현이다.

사랑의 슬픔
The Sorrow of Love

처마에서 찍찍거리는 참새 소리,
둥근 보름달과 별 가득한 하늘,
한없이 와삭대는 잎들의 요란한 노랫소리가
대지의 낡고 닳은 외침을 숨겨 버렸다.

그런데 붉고 애절한 입술의 당신이 태어났다,
당신과 더불어 온 세상의 눈물과
난항 하는 세상 배들의 온갖 근심과,
무수한 세월의 온갖 불화가 생겨났다.

그래서 지금 처마에서 다투는 참새들,
응유처럼 창백한 달, 하늘의 하얀 별들,
동요하는 나뭇잎들의 요란한 노랫소리도,
대지의 낡고 닳은 외침에 덜컥 겁을 먹었다.

당신이 늙었을 때
When You are Old

당신이 늙어서 백발 성성하고 졸음에 겨워
불가에서 꾸벅거리게 되거든, 이 책을 꺼내
천천히 읽으며, 예전 당신의 다정한 눈길,
눈에 깃들어 있던 깊은 그림자를 몽상해 보기를.

참 많은 이가 결결이 당신의 기쁜 기품을 사랑했고,
거짓되거나 진실한 사랑으로 당신의 미모를 사랑했
지만,
한 사내만은 당신의 방랑하는 영혼을 사랑했고,
당신의 변해가는 얼굴에 밴 슬픔들을 사랑했나니.

달아오르는 난로-살 옆에 몸을 수그리고
조금 서글피, 속삭여보기를, 어쩌다가 사랑이 달아나서
머리 위의 산에서 서성거리다가
별들의 무리 속에 얼굴을 숨겨 버렸을까.

심기
Moods

시간이, 다 타버린 초처럼,

방울져서 조락하고,

산과 숲도

끝장나는데, 끝장나는데,

정념이 낳은

복잡한 심기들에서

어떤 놈이 떨어져 나갔나?

물고기

The Fish

달이 지고 나면 너희는 밀려왔다 밀려가는

파리한 물결 속에 숨어 있겠지만,

다가올 날들의 사람들은

나의 그물 투척 횟수,

그리고 너희가 나의 마음에서 뛰쳐나가

그 아련한 은빛 그물을 넘어 가 버린 횟수를 따져 보고,

너희가 무정하고 매정했다고 생각하며,

숱한 모진 말들로 너희를 탓할 것이다.

여자의 마음
The Heart of the Woman

아, 기도와 안식으로 그득 찼던
그 작은 방이 나에게 무슨 소용이랴,
그이가 으슥한 데로 나를 불러내면,
어느새 내 가슴이 그의 품에 안겨 있는데.

아, 내 어머니의 염려, 내가 편안했고
따뜻했던 집이 나에게 무슨 소용이랴,
거무스름한 꽃 같은 나의 머리칼이
모진 폭풍우로부터 우리를 숨겨줄 텐데.

아, 숨기는 머리칼과 이슬 젖은 눈망울들,
나는 이미 생사를 떠난 몸,
나의 가슴이 그이의 따뜻한 품에 안겨,
나의 숨결이 그이의 숨결에 섞여드나니.

시인이 연인에게

A Poet to his Beloved

당신에게 두 손으로 공손히

나의 무수한 꿈들이 담긴 책들을 바치오.

조수에 비둘기-잿빛 모래밭이 퇴색하듯

열정에 닳고 닳은 하얀 여인,

시간의 창백한 불에서 넘쳐 나온

뿔보다도 오래된 가슴에,

무수한 꿈들을 품고 있는 하얀 여인,

당신에게 나의 정열적인 시를 바치오.

하늘 같은 천이 있다면

He Wishes for the Cloths of Heaven

나에게 금빛 은빛으로 짜서

온 하늘을 수놓은 천이 있다면,

밤과 낮과 어스름의

거뭇하고 푸르고 어스레한

그 천을 당신의 발밑에 깔아주련만.

가난한 나에게는 꿈밖에 없어서

나의 꿈들을 당신의 발밑에 깔아놓았소.

사뿐히 밟기를 나의 꿈들을 밟으리니.

화살
The Arrow

당신의 아름다움을 생각하다가, 한 사나운

생각에서 빚어진, 이 화살이 나의 골수에 박혀 있소.

이제 막 성숙해서 여자가 된 듯,

크고 당당하지만 사과꽃처럼

연한 빛깔의 얼굴과 가슴을 지닌,

여인을 바라다보는 사내는, 사내는 아마 없으리라.

이런 미녀는 한결 온순하긴 하지만, 왠지

철 그른 어른 같아서 눈물겹기에.

위로받는 어리석음
The Folly of Being Comforted

늘 친절한 한 분이 어제 이렇게 말했다.
"자네 연인의 머리칼에 잿빛 실들이 섞이고
눈가에 자잘한 그림자들이 생겨나더군.
지금은 불가능한 것 같아도, 시간이 흐르면
절로 지혜를 얻기 마련이라네, 그러니
자네한테 필요한 건 인내야."

　　　　　　　　　가슴이 외친다, "아니요,
내겐 조금도 위로가 안 되네요, 단 한 톨만큼도요.
시간은 그녀의 아름다움을 계속 가꿔줄 뿐이니까요 :
그녀가 지닌 저 대단한 고매함 때문에
그녀를 감싸고 흔들리는 불길도, 그녀가 움직이면
더욱 또렷하게 탈 뿐이에요. 아 그녀의 눈길에
온통 사나운 여름이 배어 있었을 때도 이러지 않았
건만."

아 가슴아! 아 가슴아! 그녀가 고개만 돌려줘도,
금시에 위로받는 어리석음을 너는 알지 않느냐.

옛 추억
Old Memory

아 생각아, 하루가 저물며 어떤 옛 추억을
깨우거든, 그 추억에게 날아가서, 전해라,
"너의 힘은, 매우 고결하고 격렬하고 다정하기에,
오래전에 상상해서, 이제는 절반밖에 남아 있지 않은
너의 여왕들이라도 마음에 떠올려, 새 시대를
열어볼 수 있겠지만. 청춘의 긴 세월 내내 반죽을 주물러
빚은 사람인들, 그 모두가 아니 그 이상의 모든 것이
공짜으로 변하고, 그 귀한 말들도 다 무의미해질 줄을
생각이나 해봤겠니?" 그렇지만 그쯤 해두자,
바람을 탓했다면 사랑을 탓할 수도 있어야지.
그러지도 못하면서, 굳이 덧붙인답시고,
엇나간 아이들에게 거슬릴 만한 말을 하면 안 되니까.

절대 마음을 다 주지 마라

Never Give All the Heart

절대 마음을 다 주지 마라, 사랑이

일단 확실한 것 같으면, 정열적인

여자들은 거의 생각할 가치도 없는 양

여기고, 입 맞추고 입 맞추다가

시들해질 줄은 꿈에도 생각하지 않기에,

사랑스러운 것은 다

짤막한, 꿈같은, 다정한 기쁨일 뿐이니.

아 절대 마음을 완전히 주지 마라,

그들도, 아주 보드라운 입술로, 이 사랑 극에

자기 마음을 다 바쳤노라 주장하겠지만.

사랑에 귀먹고 말문이 막히고 눈까지 먼

사람이 그 연기를 제대로 할 수 있겠는가?

이 지경에 이른 사내는 그 대가를 너무 잘 안다,

그는 자신의 마음을 다 주고 잃었기에.

아담의 저주

Adam's Curse

어느 여름 끝 무렵에, 당신의 절친인
그 아름답고 상냥한 여인과 당신과 나,
우리 셋이 함께 앉아 시에 관해 얘기했다.
내가 "한 행 쓰는 데 몇 시간도 걸리죠.
하지만 한순간의 생각처럼 비치지 않으면
꿰매고 풀고 해봤자 헛수고이기 십상이에요.
차라리 부엌 바닥이나 붙들고 등골 빠지게
북북 문질러 닦거나, 날씨가 좋든 궂든,
늙은 가난뱅이처럼, 돌이나 빻는 게 낫지요.
그런 일보다 아름다운 음들을 잘 어우러지게
표현하는 일이 더 어려운 작업이긴 하지만,
순교자들이 속인들이라고 부르는 은행원,
교사들과 성직자들처럼 시끄러운 사람들에게는
게으름뱅이로 간주되니까요."

그 말을 듣고
그 아름답고 상냥한 여인이 대답했다
그녀의 곱고 나직한 목소리를 접하고서

그녀의 온갖 가슴앓이를 짐작하는 이가
많으리라 : "여자로 태어나 알아야 할 것은 —
학교에서는 아무도 이야기하지 않지만 —
여자는 아름다워지려고 노력해야 한다는 거예요."

내가 말했다 : "물론, 아담의 타락 이후로,
좋은 것치고 많은 노력을 요하지 않는 게 없지요.
사랑도 고상한 예절을 너무 많이 차려야 한다는
생각에 한숨지으며 박식한 표정으로
아름다운 옛날 책들의 전례를
인용했던 연인들도 한때는 있었지요.
이제는 그게 그저 한가로운 객담 같지만요."

우리는 사랑이라는 말에 조용해져서 앉아 있었다.
우리는 일광의 마지막 불씨들이 꺼지고,
흔들리는 청록색 하늘에 떠오른 달을
보았다, 마치 별들을 휘감으며 오르락내리락하는
시간의 파도에 씻기어 나날이 연년이
부스러진 조가비처럼 닳고 닳은 달이었다.

나는 당신의 귀에만 들려주고픈 한 생각을 품고 있
었다 :

당신은 아름다웠다고, 그리고 나는 고상한 옛날 방식의
사랑으로 당신을 사랑하려 노력했다고,
그래서 그나마도 마냥 행복한 것 같았는데, 어느새
우리의 가슴도 저 텅 빈 달처럼 지쳐 버렸다고.

아 너무 오래 사랑하지 마라

O Do Not Love Too Long

연인아, 너무 오래 사랑하지 마라 :
나는 오래오래 사랑하다가,
옛날 노래처럼
한물가고 말았지만.

청춘의 시절 내내
나의 생각인지 임의 생각인지
구분하지 못할 만큼,
우리도 그렇게 한 몸이었다.

그런데 아, 한순간에 그녀가 변해 버렸다 —
아 너무 오래 사랑하지 마라,
그랬다간 옛날 노래처럼
당신도 한물가고 말 테니.

말
Words

얼마 전에 이런 생각이 들었다.
"나의 임은 이해하지 못하리라
이 맹목적이고 모진 땅에서
내가 했던 일들도, 할 일들도."

그래서 햇살이 지겨워졌는데
어느새 내 생각들이 다시 맑아져서, 문득
이런 생각이 들었다, 내가 제일 잘한
일이 말의 분명한 갈무리였지.

그래서 해마다 나는 외쳤지, "마침내
나의 임도 말을 다 이해하게 되었어,
내가 그동안 힘을 쏟아서,
말들이 나의 부름에 복종하니까."

그런데 임이 이해했다고 한들 그 체에서
뭐가 걸러졌을지 누가 알 수 있으랴?
나도 어설픈 말들을 날려버리고

마음 편히 살았을지 모르는데.

술타령

A Drinking Song

술은 입으로 들어오고
사랑은 눈으로 들어온다.
우리 늙어 죽기 전에
알아야 할 진리는 그뿐.
나 술잔 들면 입으로,
나 당신 보면, 한숨이네.

지혜는 시간과 더불어 온다

The Coming of Wisdom with Time

이파리는 많아도, 뿌리는 하나.

내 청춘의 거짓 나날 내내

나의 이파리와 꽃들을 햇살 속에서 흔들어댔으니,

이제 시들어 진리를 파고들어도 좋겠네.

가면

The Mask

"그 에메랄드 눈알에 불타는 금빛
가면 좀 벗으시오."
"아 안 돼요, 내 사랑, 정말 담차게도
마음이 사나운지 슬기로운지 알고 싶겠지만,
차갑지는 않답니다."

"그냥 안에 뭐가 있는지 알고 싶을 뿐이오,
사랑인지 사기인지."
"당신 마음 사로잡아, 당신 가슴
뛰게 한 게 바로 가면이었어요,
그 뒤에 있는 게 아니라."

"그래도 당신이 나의 적인지 아닌지,
꼭 알아야겠소."
"아 안 돼요, 내 사랑, 다 그만둬요,
당신 안에, 내 안에 불씨만 있으면 그만이지
무슨 상관이에요?"

온갖 일들이 나를 유혹해
All Things Can Tempt Me

온갖 일들이 나를 유혹해 시 쓰기를 방해한다.
한때는 한 여인의 얼굴이 그랬는데, 설상가상 ―
바보-넘치는 이 땅의 그럴싸한 요구들까지 거들어,
이젠 익숙한 고역처럼 손에 잡히는 대로
그냥 하는 일이 되고 말았지만. 젊었을 적에는,
머릿속에 꼭 칼을 숨겨 놓은 것 같다 싶게
아주 비장한 기개로 노래하지 않는 시인의
노래에는 땡전 한 푼 보태주지 않았다.
그러나 지금이라도, 소원을 이룰 수 있다면,
물고기보다도 차갑고 말 없고 귀먹은 시 쓰기.

갈색 동전

Brown Penny

나는 속삭였다, "나는 너무 어려,"
아니, "나도 먹을 만큼 먹었어,"
그러고는 내가 사랑해도 좋을지
알아보려고 동전 한 닢을 던졌다.
"처녀가 젊고 곱다면야,
사랑해야지, 사랑해야지, 젊은이."
아, 동전, 갈색 동전, 갈색 동전아,
나는 임의 머리칼 고리에 매어 버렸다.

아, 사랑은 갈고리 같은 것,
거기에 걸려들면 아무것도
모르는 바보가 되고 말지,
별들이 다 떠나 버릴 때까지,
그림자들이 달을 따먹을 때까지,
내내 사랑만 생각하게 되니까.
아 동전, 갈색 동전, 갈색 동전아,
사랑을 너무 일찍 시작해도 안 좋아.

마녀
The Witch

고생고생 부자가 된들,
뭐하나, 음험한 마녀랑
한 번 자고
나면, 바싹 말라붙어서,
오래 찾던 임이
절망과 함께
누워 있는 방으로
팔려 가고 말 텐데?

바람 속에서 춤추는 아이에게[1]
To a Child Dancing in the Wind

1

저 바닷가에서 춤추어라,
바람이, 파도가 노호한다고
네가 무엇을 걱정하랴?
머리카락 마음껏 엉클어뜨려
소금 방울 축축이 맺게 두어라.
바보의 승리도, 얻자마자
금시에 놓쳐 버린 사랑도,
최고의 일꾼이 죽은 후에
묶어야 할 숱한 보릿단도
어리니까 아직 모를 수밖에.
바람이 괴물처럼 울부짖는다고
네가 무엇을 두려워하랴?

2. 2년 후에

저 대담하고 다정한 눈에게
더 슬기로워지라고 일러준 이도,
얼마나 절망적이면 나방이 몸을
불태우겠느냐고 알려준 이도 없었나?
내 말에 주의할 수도 있었으련만, 네가 어려서,
우리 서로 다른 말을 하는구나.

아 너도 무슨 얘기든 다 받아들여
온 세상이 한 친구라고 꿈꾸며,
너의 어머니가 고생했듯 괴로워하다가,
결국에는 망그러지고 말겠지.
하지만 나는 늙고 너는 어려서,
내 말이 귀에 거슬리는구나.

---

1 여기서 "아이"는 예이츠의 평생 연인 모드 곤의 딸 이졸트(Iseult, 1894~
   1954)로 추정된다. 예이츠는 1916년 여름에 이 두 모녀에게 청혼했다가
   거절당했다.

청춘의 추억

A Memory of Youth

그 순간들은 놀이하듯 지나갔다.
나는 사랑이 베푸는 지혜를 얻었다.
나름대로 타고난 기지가 있어서,
그 덕에 그녀의 칭찬도 받았다.
그런데도 내가 말할 수 있는 것은,
흉포한 북풍에 날려 다가온 구름이
갑자기 사랑의 달을 숨겨 버렸다는 사실뿐이다.

내가 말했던 모든 말을 믿으며,
그녀의 몸과 마음을 찬미하다 보니
자부심에 그녀의 눈이 반짝거렸고,
기쁨에 그녀의 뺨이 볼그족족해졌고,
허영심에 그녀의 발걸음이 가뿐해졌다.
그러나 그 모든 찬미에도, 우리가 발견한 것은
머리를 휘덮는 어둠뿐이었다.

우리는 돌처럼 조용히 앉아 있었다.
그녀는 한마디도 안 했지만, 우린 알고 있었다,

최고의 사랑도 끝나기 마련이라서,

잔혹하게 끝장나고 말았다는 것을.

사랑이 아주 우스꽝스러운 작은 새의

그 울음소리에도 구름을 찢어 열고

기적 같은 달 얼굴을 내밀지 않았기에.

인형
The Dolls

인형공장에서 한 인형이
요람을 보고 떠들어댄다.
"저놈은 우리한테 모욕이야."
그런데 계속 진열되어 있느라,
여러 세대의 인형을 본
가장 오래된 인형이
절규하며 온 진열대에 알린다.
"이곳의 불행을
전해줄 이도 하나 없는데,
저 남자와 여자가 시끄럽고
추잡한 놈을 여기로 데려와서
우리에게 치욕을 안겼다."
불평하며 떠벌리는
그 인형의 소리를 남편이 듣고
의자 팔걸이에 움츠러들자
이를 본 공장장의 아내가
머리를 남편의 어깨에
기대며 귀에 대고 속삭인다.

"여보, 여보, 아이고 여보,

재는 그냥 사고였어요."

외투

A Coat

밑단에서 목깃까지
옛 신화들을
수놓은 외투를 지어서
나의 노래에 덮어줬는데,
바보들이 잡아채 가서,
자기네가 지은 양,
세상 보란 듯이 입었다.
노래야, 그냥 줘 버려라
벌거벗고 다니는 게
차라리 당당할 테니.

사람은 세월과 더불어 성숙한다

Men Improve with the Years

나는 이제 꿈에 닳고 닳은 몸,

비바람에 상한, 냇물 속의

대리석 트리톤 같이,

하루 종일토록 나는

이 숙녀의 아름다움을 바라다본다[1]

마치 어느 책 속에서

웬 미인도라도 발견해서,

기쁘게 두 눈에 혹은

예민한 두 귀에 가득 담고는,

그저 알게 되어 즐거워하듯,

사람은 세월과 더불어 성숙하기에.

그래도, 그래도,

이게 나의 꿈인가, 사실인가?

아 그때 우리가 만났더라면

내가 불타는 청춘이었을 때!

그러나 나는 이제 꿈속에서 늙어가는,

비바람에 상한, 냇물 속의

대리석 트리톤 같은 신세.

1   "트리톤"은 그리스신화에서 상반신은 인간, 하반신은 물고기로 묘사되
     는 해신. "이 숙녀"는 모드 곤의 딸 이졸트로, 예이츠가 그녀에게 청혼했
     다가 거절당했다.

어떤 노래
A Song

나는 젊음을 연장하고
몸을 젊게 유지하는 데에는
아령과 펜싱 검이면
그만일 줄 알았다.
아 마음이 늙을 줄을
누가 예견했으랴?

나에게 많은 말들이 있지만,
어떤 여인이 만족하랴,
여인이 곁에 있어도
내가 설레지 않는데?
아 마음이 늙을 줄을
누가 예견했으랴?

나는 욕망이 아니라
품었던 마음을 잃었기에,
욕망이 임종-자리에 누운
내 몸을 불태울 줄 알았다.

그런데 마음이 늙을 줄을
누가 예견했으랴?

새벽
The Dawn

나도 새벽처럼 무심했으면

브로치의 핀으로

도시를 재는 저 늙은 여왕도,[1]

규칙에 얽매인 바빌론에서

불안하게 움직이는 행성들,

달뜨는 곳에서 사라지는 별들을 관찰하며

서판을 꺼내 계산했던 늙은이들도

내내 무심히 내려다본 새벽처럼.

나도 새벽처럼 무심했으면

구름 말들의 어깨 위에 가만히 서서

반짝이는 마차를 흔드는 새벽처럼.

나도 ― 지식이란 짚 한 오라기만도 못하기에 ―

새벽처럼 무심했으면 분방했으면.

---

1   "여왕"과 "도시"는 아일랜드신화에 등장하는 아운 여왕(Emain)과 아운
마카(Emain Macha)를 각각 가리킨다. 아운은 부왕인 아버지가 죽자 나
라를 차지하기 위해 골육상잔을 벌이고 승리한 왕자와 결혼해서 왕비
가 되었으며, 자신의 브로치 핀으로 궁전터를 측량한 다음에, 패배한 왕
자의 자손들에게 명하여 그 터에 궁전을 짓게 했다고 전해진다.

깨진 꿈들
Broken Dreams

당신의 머리칼에 흰머리가 섞여 있군.

당신이 지나갈 때

갑자기 숨소리를 죽이는 청년들은 이제 없겠구려,

그래도 혹시 어떤 영감이 중얼대듯 축복할지 모르지

당신의 기도 덕분에

자기가 임종 자리에서 의식을 되찾았다면서.

당신만을 위해 ― 온갖 가슴앓이를 알았고,

빈약한 소녀가 부담스러운 아름다움을

뽐내는 바람에 남들에게 온갖 가슴앓이를

안겼지만 ― 당신만을 위해

하늘이 운명의 일격을 미루었으니,

방 안에서 그저 걷는 것만으로

당신이 만드는 그 평화에 크게 한몫한 셈이오.

당신의 아름다움은 우리에게

모호한 기억들, 그저 기억들만 남길 수 있을 뿐이오.

노인들의 이야기가 끝나면 웬 청년이

어떤 노인에게 말하겠지, "나이가 혈기를 완전히

식혀버렸을 때도 그 완고한 시인이 열정적으로
우리에게 노래했던 그 부인에 대해 들려주세요."

모호한 기억들, 그저 기억들뿐이지,
그러나 무덤에 들면 다, 다, 되살아날 거요.
갓 성숙한 여자로서 풋풋하고 사랑스럽게
굽히거나 서거나 걷는 그 부인의 모습을,
내 젊은 눈의 불타는 열정으로 다시
보게 될 것이라는 확신 때문에
내가 내내 바보처럼 중얼거렸으니까.

지금도 당신은 그 누구보다 아름답소,
하지만 당신의 몸에 결함이 있었지 :
당신의 작은 손이 예쁘지 않았어,
그래서 나는 지금도 당신이 뛰어가서,
저 신비롭고, 늘 찰랑찰랑 넘치는 호수에
손목까지 담그고 휘휘 저을 것만 같소
거룩한 법칙에 순종해온 그 손들이 휘젓는
그야말로 완전한 장소니까. 내가 입 맞췄던
그 두 손이 변함없이 그대로였으면 좋겠소,
옛정을 위해서.

자정을 알리는 마지막 괘종소리가 희미해지는군.

온종일 한 의자에 박혀서

이 꿈 저 꿈 이 시 저 시 넘나들며

공기 같은 심상과 종작없는 얘기를 나눴구려 :

모호한 기억들, 그저 기억들과 말이오.

가슴 깊이 다짐한 맹세

A Deep-Sworn Vow

당신이 가슴 깊이 다짐한 맹세를
안 지켰기에 타인들을 나의 벗 삼았지만,
얼굴에 깃든 죽음을 볼 때면,
잠의 절정에 기어오를 때면,
또 술에 취해 들뜰 때면 늘,
문득문득 당신의 얼굴을 만난다오.

마음의 풍선

The Balloon of the Mind

손아, 시키는 대로 해라.

바람에 부풀어 느릿느릿 떠가는

마음의 풍선을 붙잡아

그 비좁은 광에 처넣어라.

한 바보의 두 노래

Two Songs of a Fool

1

얼룩 고양이와 길든 산토끼가
내 난롯가에서 밥을 먹고
거기서 잠을 자는데,
둘 다 나만 쳐다본다
내가 섭리를 우러러보듯
가르쳐달라고 지켜달라고.

나는 화들짝 잠에서 깨어 생각한다
어느 날 내가 그놈들의
밥과 음료를 깜빡하지나 않았나,
아니면, 집의 문을 닫지 않아서,
혹시 산토끼가 뛰쳐나가 뿔피리의
고운 가락과 사냥개의 이빨에 걸려들면 어쩌나.

모든 일을 규칙대로 하는 사람들에게
도전이 될 만한 걱정이 나에게도 있는데,

종잡을 수 없이-우둔한 바보인
내가 나의 엄청난 책임들을
덜어달라고 신께 비는 것 말고
달리 뭘 할 수 있겠는가?

2

나는 난롯가의 삼발이 걸상 위에서 잤고,
얼룩 고양이는 나의 무릎 위에서 잤는데,
둘 다 물어볼 생각조차 하지 않았다
갈색 산토끼는 어디에 있을까,
또 문은 닫았나 안 닫았나.
그 암토끼가 작정하고 뒷발을 굴러
껑충 뛰쳐나가기 전에,
두 다리로 서서 매트에서 몸을 쭉 뻗친 채
어떻게 바람을 들이켰는지 누가 알겠는가?
내가 잠에서 깨어 토끼의 이름을
부르기만 했어도, 토끼가 알아듣고,
어쩌면, 꿈쩍하지 않았을지 모르는데,
지금쯤이면, 아마, 뿔피리의
고운 가락과 사냥개의 이빨에 걸려들고 말았으리라.

바퀴

The Wheel

겨우내 우리는 봄을 소리쳐 부르고,

봄 내내 여름을 소리쳐 부르다가,

울창한 산울타리가 에워쌀 때면

겨울이 최고라고 단언한다.

그래서 그 후에는 좋은 게 없다

봄이 아직 오지 않았기 때문에 —

우리의 피를 어지럽히는 것이

무덤을 향한 갈망뿐이라는 것도 모른 채.

청년과 노년

Youth and Age

젊었을 적에는 세상에 짓눌려

내가 분격했으나,

이제는 아첨하는 혀로

세상이 떠나는 길손을 재촉하는구나.

첫사랑

First Love

미美의 잔혹한 품에서

떠가는 달처럼 자란,

여인이 잠시 걷다가 살짝 얼굴을 붉히며

나의 행로에 계속 서 있기에

그녀의 몸도 살과 피의

심장을 품었나 보다 생각했다.

그런데 거기에 손을 얹어 보고

돌 심장임을 깨닫고서

온갖 짓을 해 보았지만

전혀 통하지 않았다,

그 달님을 어루만지는

손길만 미쳐갈 뿐이기에.

그녀의 미소가 나를 변신시켜

촌뜨기로 만드는 바람에,

여기서 중얼, 저기서 중얼,

넋 빠진 꼴이

꼭 달이 떠나 버린

하늘을 맴도는 별들 같았다.

인어
The Mermaid

한 인어가 한 헤엄치는 소년을 발견해,
애인 삼으려고 그를 건져 내서,
자기 몸을 소년의 몸에 밀착시키고,
호호 웃었다. 그리고 거꾸로 뛰어들어
잔혹한 행복감에 젖어서는 연인들도
익사한다는 것을 깜빡 잊고 말았다.

미친 제인이 최후 심판일에 대해
Crazy Jane on the Day of Judgment

"사랑은 완전히
충족되지 않아요
육체와 영혼을
온전히 갖지 못하니까요,"
그렇게 제인이 말했다.

"그 괴로움을 받아들여요
당신이 나를 갖더라도,
내가 비웃고 깔보며
한 시간은 잔소리할 테니."
"분명 그럴 테지," 그가 대꾸했다.

"알몸으로 누웠어요,
풀밭을 나의 침대 삼아서요.
알몸으로 숨었어요,
그 암담한 날에요,"
그렇게 제인이 말했다.

"뭐가 드러날까요?

진정한 사랑이 뭘까요?

다 알려지거나 드러날 거예요

시간이 사라지기만 하면요."

"분명 그럴 테지," 그가 대꾸했다.

미친 제인이 신에 대해

Crazy Jane on God

어느 밤의 그 연인은
오고 싶을 때 왔다가,
동틀 무렵에 가 버렸죠
내가 원하거나 말거나요.
사내가 오든, 사내가 가든,
만사가 신의 뜻이겠죠.

깃발들이 하늘을 숨 막히게 하고,
무사들이 걸어가고,
무장한 말들이 울어대네요
엄청난 전투가 벌어졌던
좁다란 고갯길에서요.
만사가 신의 뜻이겠죠.

그들의 눈앞에서 어린 시절부터
아무도 살지 않는, 폐가로
남아 있던 집 한 채가,
갑자기 문에서 지붕까지

확 타올랐어요.

만사가 신의 뜻이겠죠.

사나운 잭이 나의 애인이었죠.

마치 사내들이 지나다니는

길 같지만

나의 몸은 신음 한 번 안 내고

계속 노래 불러요.

만사가 신의 뜻이겠죠.

미친 제인이 주교와 대화한다

Crazy Jane Talks with the Bishop

길에서 주교님을 만나

그분과 많은 얘기를 나눴어요.

"그 젖가슴도 이제 납작하게 처졌구나,

그 핏줄도 이내 마르고 말 테니,

천국의 저택에서 살아라,

더러운 돼지우리 같은 데 말고."

"미美와 추醜는 절친이라서,

미에게는 추가 꼭 필요해요," 내가 소리쳤어요.

"나의 벗들은 가 버렸죠, 그게 진리지만

무덤도 침대도 거절하지 못한 채,

몸이 비천해지고

마음이 당당해지고서야 알았죠.

여자가 사랑에 빠지면

오만하고 뻣뻣해질 수 있어요.

하지만 사랑은 배설의 장소에

내내 자기 집을 세웠어요,

세 들지 않고서는

홀몸도 온몸도 될 수 없으니까요."

늙어 버린 미친 제인이
춤꾼들을 바라본다

Crazy Jane Crown Old Looks at the Dancers

저기 저 상앗빛 조각상 같은 여인이
좋아하는 청년과 춤추는 줄 알았는데,
청년이 마치 목을 졸라서 죽이려는 듯
그녀의 석탄 같이 까만 머리칼을 휘감자, 나는 감히
비명을 지르거나 몸을 움직이지도 못한 채,
눈꺼풀 아래 눈동자만 빠르게 반짝거렸어요.
사랑은 꼭 사자의 이빨 같아요.

누구는 그녀가 장난쳤다고 말했지만
난 그녀가 춤으로 진심을 보여줬다고 말했는데,
막상 그녀가 칼을 뽑아서 그를 찌르려 하자,
나는 그를 자기 운명에 맡겨둘 수밖에 없었어요.
무슨 말을 해도 소용없을 만큼
둘 다 엄청난 증오를 품고 있었거든요.
사랑은 꼭 사자의 이빨 같아요.

그가 죽었을까요 아니면 그녀가 죽었을까요?
죽을 것 같았을까요 아니면 둘 다 죽었을까요?

무슨 일이 벌어졌는지 나는 관심도 없이

신께서 부디 그 시절과 함께하시어

나도 팔다리를 놀려 거기서 췄던

그 춤을 꼭 춰 보고 싶었어요.

사랑은 꼭 사자의 이빨 같아요.

소녀의 노래

Girl's Song

나 홀로 밖에 나가
한두 곡 불렀어요.
한 남자를 마음에 그렸죠,
누군지 아실 거예요.

다른 남자가 나타나
지팡이에 몸을 기대고
꼿꼿이 섰어요,
나는 앉아 울었어요.

나의 노래는 그게 다였죠 —
모두 다 말해줬는데,
내가 젊은 노인을 봤을까요
아니면 늙은 청년을 봤을까요?

청년의 노래

Young Man's Song

"변하겠지," 내가 소리쳤죠.

"쭈글쭈글한 할망구로."

내 옆구리의 심장이

한동안 아주 잠잠했는데,

고귀한 분노로 대답하고

뼈를 두들겨댔어요 :

"두 눈 치켜뜨고 그 눈길로

두려움 없이 훑어봐 :

살결이 다 시들어도

여전히 멋진 여자일 테니.

세상이 창조되기 전에 보았던[1]

쭈글쭈글한 할망구는 없을 테니."

거짓말하지 못하는 심장의

그 호통에 부끄러워서,

나는 흙바닥에 무릎을 꿇었어요.

그리고 계속 무릎을 꿇고서

나의 성난 심장이

나를 용서해 줄 때까지 빌어야죠.

---

1 '세상이 창조된다'라는 표현에는 '놀라운 화장술, 혹은 변신'의 의미가
   담겨 있다.

소녀의 걱정

Her Anxiety

대지가 아름답게 단장하고
돌아오는 봄을 기다리네요.
진실한 사랑도 다 죽어 버리죠,
기껏해야 아주 하찮은
무언가로 변하고 말아요.
내가 거짓말하는지 증명해 보세요.

연인들이 그런 몸에,
그렇게 거친 숨을 품고 있기에,
서로 만지며 한숨을 쉬는 거예요.
그들이 만질 때마다,
사랑이 죽어가는 거죠.
내가 거짓말하는지 증명해 보세요.

청년의 확신

His Confidence

영원한 사랑을 얻으려고
내 눈의 귀퉁이에
저지른 잘못들을
모두 써 놓았다.
영원한 사랑을 위해
그만한 대가도 못 치르랴?

나의 심장을 둘로 쪼개서
아주 세게 쳤다.
무슨 상관이랴?
바위에서,
황폐한 샘에서도 솟구쳐,
물길을 내는 게 사랑인 것을.

아버지와 딸

Father and Child

내가 식탁을 탁 치면서 딸한테

욕감태기 중에서도 상욕감태기

사내놈이랑 어울린다는 소문이

파다하니까 모든 선남선녀한테

욕을 먹는 게 아니냐고 말하자,

딸이 바로 대꾸한다

그이의 머리칼이 예뻐요,

눈도 삼월 바람처럼 시원하고요.

세상이 창조되기 전에

Before the World was Made

눈썹을 짙게 그려서
눈을 한층 밝게 하고
입술도 한결 붉게 칠해서,
모두 잘 어울리는지
거울을 보고 또 보지만,
자랑할 만한 게 없다.
세상이 창조되기 전의
내 옛 얼굴을 찾고 싶다.

한 남자를 바라보다가
마치 나의 임을 만난 듯,
순간 피가 얼어붙어서
심장이 안 뛰면 어쩌지?
그이가 나를 잔인하다고 여길까
아니면 내심 배신당했다고 여길까?
세상이 창조되기 전의
그 옛 모습을 그이도 사랑해줬으면.

첫 고백
A First Confession

나의 머리카락에 뒤엉킨
가시덤불 때문에
상처 입은 게 아니에요.
내가 움찔움찔 바들댄 것은
그냥 딴청 부린 거예요,
그냥 아양 떤 거예요.

나도 사실을 알고 싶은데,
나의 양심이 아니라고 해서
가만있지 못할 뿐이에요,
한 남자의 눈길이
나의 뼈에 사무친 갈망을
더없이 충족시켜 주니까요.

내가 무춤한 것은 그 황도대[1]에서
발하는 밝은 빛 때문인데,
왜 그리 호기심 어린 눈길로
나를 빤히 쳐다보세요?

텅 빈 밤이 화답하면

나를 피하기밖에 더 하겠어요?

---

1   "황도대(Zodiac)"는 수대(獸帶) 또는 12궁도로 불리는 옛날의 천체도로,
     태양과 달을 비롯한 중요한 행성들이 그 안에서 운행한다.

위안
Consolation

아 물론 현인들의 말씀에는
지혜가 들어 있지요.
그래도 잠시 그 몸을 쭉 뻗고
그 머리를 뉘구려
그럼 내가 그 성인들에게 알려주겠소
어디서 사내가 위안을 받는지.

출생의 죄가 우리 모두의 운명을
검게 물들인다고
내가 생각하지 않았던들 어떻게
열정이 그토록 깊이 흐를 수 있었겠소?
그러나 그 죄도
죄가 범해지는 데서 잊히는 법이오.

이별

Parting

남자. 임이여, 나는 가야 하오

밤이 집안 감시자들의

눈을 가려주는 동안에 말이요.

저 노래가 새벽을 알리는구려.

여자. 아니에요, 밤새와 사랑새 소리는

다 진실한 연인들에게 쉬라는 소리예요,

사랑새의 드높은 노랫소리가

잔인하게 슬금슬금 밝는 낮을 꾸짖잖아요.

남자. 햇살이 벌써 산꼭대기에서

꼭대기로 날아들었소.

여자. 그 빛은 달에서 쏟아지는 거예요.

남자. 저 새는…

여자.   그냥 노래하게 두세요,

내가 사랑의 놀이에

나의 거뭇한 내리받이를 바칠게요.

마지막 고백

A Last Confession

나랑 같이 누웠던 기운찬 청년이
나를 가장 즐겁게 해준 게 뭐냐고요?
난 나의 영혼을 바쳐
괴롭게 사랑했지만,
내가 몸으로 사랑했던 한 청년 덕에
아주 즐거웠다고 답할래요.

그이의 품을 밀쳐내고 나는
그의 정열을 생각하며 웃었어요
그이는 내가 영혼을 바쳤다고 상상했지만
우리 두 몸이 접촉했을 뿐이거든요,
그래서 그의 가슴에 안겨서 짐승도
짐승에게 그만큼은 한다는 생각에 웃었어요.

나도 다른 여자들처럼 옷을 벗고
주는 것을 다 줬어요,
그렇지만 이 영혼이, 몸 옷을 벗고,
알몸으로 알몸에 다가갈 때면,

으레 그이도 그 영혼 속에서

남들이 모르는 뭔가를 발견하고

자기 영혼을 주고 자기 영혼을 받으며

당연히 지배할 줄 알았어요.

내 영혼은 괴롭게 사랑했지만

가까이 아주 착 들러붙는,

저 환희에 감히 찬물을 끼얹는

낮 새 한 마리 없었거든요.

노년을 위한 기도

A Prayer for Old Age

신이시여 사람들이 마음으로만 생각하는
그런 상념들로부터 저를 지켜 주소서.
오래가는 노래를 부르는 사람은
골수-뼛속 깊이 생각하니까요.

지혜로운 늙은이라면 모두에게
칭송받을 수 있으련만,
아 저는 혹시 노래를 위해 사는
바보처럼 보이지 않을까요?

기도하나니 ― 유행어가 바닥나서
다시 한번 기도하나니 ―
제가 늙어 죽더라도, 부디,
바보 같은, 정열남처럼 보이게 하소서.

그들은 어디서 왔을까?

Whence Had They Come?

영원은 열정이라서, 소녀든 소년이든
성적인 환희의 시초에는 "영원히
영원히"를 외치다가, 깨어나면 그새
등장인물로서 했던 대사를 까먹는다.
열정이 극에 달하여 의기양양한 사내는
생각지도 않았던 문장들을 힘차게 노래한다.
채찍 고행자는 순종하는 허리를 채찍질할 뿐
저 극작가가 지시하는 것들도, 어떤 장인이
그 채찍을 만들었는지도 모른다. 불감증의 로마를
제압한 손과 채찍, 그것들은 어디서 왔을까?
세상을 뒤바꾼 샤를마뉴[1]가 잉태되었을 때
어떤 거룩한 극劇이 그 어미의 몸을 부풀렸을까?

---

1 샤를마뉴 대제(Charlemagne, 742~814)는 프랑크 왕국의 왕으로, 게르만
   족을 통합하고 영토를 확대하였다. 로마 가톨릭을 보호하여 800년에 로
   마 교황으로부터 서로마제국의 재가를 받아 황제(800~814)로 군림하
   였다.

사람의 네 시대

The Four Ages of Man

사람은 몸과 싸움을 벌였다,

그러나 몸이 이겨서, 직립보행한다.

그 후에 사람은 가슴과 싸웠다.

순수와 평화가 떠난다.

그 후에 사람은 마음과 싸웠다.

사람이 당당한 가슴을 두고 떠났다.

이제 사람과 신의 전쟁이 시작된다.

자정 시보가 울리면 신이 승리하리라.

연인의 노래

The Lover's Song

새는 대기를 갈망하고,

생각은 내가 모르는 곳을 갈망하고,

정액은 자궁을 갈망한다.

이내 비슷한 잉여물이 가라앉는다

둥지에, 마음에,

꽉 죄는 허벅지 사이에.

1에이커의 풀밭

An Acre of Grass

그림과 책이 남아 있고,
바람 쐬고 운동하기 좋은
1에이커의 녹색 풀밭,
그런데 체력이 동나간다.
한밤, 꿈틀대는 것이
생쥐밖에 없는, 낡은 집.

나의 유혹이 조용하다.
이 삶의 끝단에서는
나의 느슨한 상상력도,
자신의 넝마와 뼈를
갉아먹는 마음의 맷돌도,
진리를 인식할 수 없다.

노인의 광분이라도 남았다면,
나 자신을 개조해서
티몬이나 리어로 변신하거나
저 윌리엄 블레이크로 변해서[1]

진리가 부름에 응할 때까지

벽이나 마구 두들겨대련만.

미켈란젤로가 알았던 정신이라도

남았다면 구름을 꿰뚫거나,

광분에 고무되어

수의에 싸인 망자들도 흔들어 깨우련만.

다른 것은 인류에게 다 잊히더라도,

노인의 독수리 정신이라도 남았다면.

---

1   "티몬(Timon, 기원전 320~230)"은 그리스의 철학자로, "리어(King
    Lear)"와 마찬가지로, 셰익스피어의 비극(*Timon of Athens*)에 등장하는 인
    물이다. "윌리엄 블레이크(William Blake, 1757~1827)"는 '예이츠의 시
    세계와 가장 비슷하다'라고 거론되는 영국의 시인이자 화가. 세 인물 모
    두 '실성했다'라고 알려져 있거나 그렇게 그려진다.

그다음엔?

What Then?

학창 시절에 친한 동무들은 생각했다
그는 분명 유명한 사람이 될 거야.
그도 똑같이 생각하며 규칙대로 살았다,
그의 20대는 고생으로 점철된 삶이었다.
"그다음엔?" 플라톤의 망령이 노래했다, *"그다음엔?"*

그가 글을 쓰는 족족 읽혀서,
몇 년 후에 그는 필요한 만큼
충분한 돈을 벌었고, 친구들도
얻었는데 줄곧 진정한 벗들이었다.
"그다음엔?" 플라톤의 망령이 노래했다, *"그다음엔?"*

한층 행복한 꿈들도 다 이루어졌다 ―
작은 고택 한 채, 아내, 딸, 아들,
자두나무와 양배추가 자라는 땅,
시인들과 재사들이 그를 찾았다.
"그다음엔?" 플라톤의 망령이 노래했다, *"그다음엔?"*

"다 이루었어," 늙어서 그는 생각했다,

"내 소년 시절의 계획대로.

바보들이 날뛰든 말든, 난 빗나가지 않고,

거의 완전하게 이루었어,"

그런데 그 망령이 더 크게 노래했다, *"그다음엔?"*

일본 시를 모방하여

Imitated From the Japanese

정말 놀라운 일이지 ―
일흔 해를 내가 살았다니.

(반갑다 봄의 꽃들아,
봄이 다시 왔구나.)

일흔 해를 내가 살았구나
누더기 걸친 거지꼴은 면했지,
일흔 해를 내가 살았어,
소년과 사내로 일흔 해를,
그러나 기뻐서 덩실댄 적이 없구나.

사납고 사악한 노인

The Wild Old Wicked Man

"나는 여자들에 미쳐 있어서
미치도록 언덕들을 좋아한다네,"
발길 따라 떠돌아다니는
그 사납고 사악한 노인이 말했다.
"집의 밀짚 더미 위에서 죽지 않고,
그 손길로 이 눈을 감겨주면 좋겠네,
그것이 내가 하늘에 사는 노인한테
바라는 유일한 소원이라네, 임자."

새벽녘에 타고 남은 초-동강.

"자네 말들이 참 다정하구면, 임자,
다른 것도 아끼지 말게나.
임자, 노인의 피가 식어가면
세월을 점칠 수 있다잖나?
젊은이는 너무 많이 사랑해서
가질 수 없는 게 내게는 있다네.
가슴을 찌르는 말들이 있지,
젊은이야 만지기밖에 더 하는가?"

새벽녘에 타고 남은 초-동강.

그러자 통통한 지팡이를 손에 쥔

그 사나운 노인에게 여인이 말했다,

"사랑을 주는 것도 아끼는 것도

저의 뜻대로 할 수 없네요.

제가 더 늙은 분께 다 바쳤거든요 :

하늘에 사는 그 노인분께요.

두 손이 그분의 염주를 돌리느라 바빠서

그 눈을 감겨줄 수 없겠네요."

새벽녘에 타고 남은 초-동강.

"갈 길 가게, 아 갈 길 가,

난 다른 상대를 골라볼 테니,

저 아래 바닷가 소녀들은

밀담을 잘도 알아듣더구먼.

어부들에게는 야한 얘깃거리,

어부-소년들에게는 춤 상대,

어둠이 바닷물에 덮칠 때

그들은 잠자리를 엎어 놓지."

새벽녘에 타고 남은 초-동강.

"어둠 속에 있으면 나도 젊은이,

그러나 빛 속에서는 사나운 노인,

고양이를 웃게 만들 수 있고,

타고난 지혜로 지나간 옛 시절부터

그들의 골수-뼛속에 숨어 있던 비밀들,

그들의 몸 옆에 누웠던

여드름투성이 애송이 놈들은 모르는

비밀들을 건드릴 수도 있다네."

　　　　새벽녘에 타고 남은 초-동강.

"모든 사람이 고통 속에서 살지,

나는 웬만해서는 모르는 것을 안다네,

사람이 높은 길을 택하거나

낮은 길에서 만족하며 살거나,

노잡이가 노 젓는 배에서 굽히거나

베 짜는 이가 베틀에서 굽히거나,

기수가 말 등에서 곧추서거나

아이가 자궁 안에 숨어 있거나."

　　　　새벽녘에 타고 남은 초-동강.

"결국은 하늘에 사는 그 노인이

날리는 번개 몇 줄기가

그 고통을 다 태워 버린다네

올바로 배운 자는 부정하지 못하지.

그렇지만 나는 한낱 추잡한 늙은이,

나는 차선을 선택하지,

그 고통을 다 잊고 잠시나마

여인의 가슴에 안겨 있는 거라네.”

새벽녘에 타고 남은 초-동강.

박차

The Spur

다들 욕정과 격정이 나의 늙은 몸에 들러붙어

덩실거리는 모양이라며 끔찍하다고 생각하겠지만,

내가 젊었을 적에는 그런 저줏거리가 아니었다.

다른 무엇으로 내가 내 몸을 자극해서 노래 부르게

하겠나?

정치
Politics

우리 시대 인간의 운명은 정치적인 맥락에서 그것의 의미를 표현한다.
토마스 만

저 소녀가 저기 서 있는데, 내가 어떻게,

나의 주의력을

로마나 러시아

혹은 스페인 정치에 집중할 수 있겠는가?

그러나 여기에는 자기가 무슨 얘기를 하는지

알 만큼 돌아다닌 사람이 있고,

저기에는 내내 읽고 생각한

정치인이 있어서,

아무래도 전쟁과 전쟁의 공포에 대해

그들이 하는 말이 맞겠지,

그런데 아, 나는 다시 젊어져서

저 소녀를 내 품에 안고 싶을 뿐이네!

전설과 역사

오직 앓는 가슴만이
불변의 예술작품을 마음에 품는다.

골 왕의 광기[1]

The Madness of King Goll

나는 폭신한 수달-가죽에 앉아 있었다 :

나의 말이 이쓰에서 어메인까지 법이었고,

인버 아메르진에서는 세상을 어지럽히는

뱃놈들의 심장을 뒤흔들었으며,[2]

소녀와 소년과 어른과 짐승으로부터

폭동과 전쟁을 쫓아 버렸다.

들판은 나날이 비옥해졌고,

허공의 날짐승도 늘어났다.

그래서 고덕한 올라브들[3]이 하나같이

시들어가는 머리를 조아리며 말했다,

'왕께서는 북녘의 추위도 몰아내신다.'

나를 에워싼 채 팔랑거리는 이파리들, 퇴색한

너도밤나무 잎들도 입 다물지 않으리.

나는 앉아서 묵상하며 달콤한 술을 마셨다.

한 목부가 내륙의 골짜기에서 찾아와,

해적들이 자기 돼지들을 몰아 검은 부리의

우묵한 갤리선에 가득 싣고 떠나 버렸다고 울먹였다.

나는 굽이치는 계곡과 강의 협곡에서

전투에 능한 나의 병사들과

나의 요란한 놋쇠 전차들을 불러들였다.

그리고 깜빡거리는 별빛을 조명 삼아

깊은 바닷길로 그 해적들을 덮쳐서,

그놈들을 잠의 심연으로 내던져 버렸다 :

이 손들은 수많은 금목걸이를 쟁취하였다.

나를 에워싼 채 팔랑거리는 이파리들, 퇴색한

　　너도밤나무 잎들도 입 다물지 않으리.

그러나 내가 소리치며 학살하고

거품 이는 늪에서 짓밟는 사이에, 서서히,

나의 아주 내밀한 정신 속에서

빙빙 돌며 오락가락하는 불길이 일었다.

나는 견뎠다 : 머리 위에서 번득이는 예리한 별빛,

내 주변에서 번득이는 사람들의 예리한 눈빛도 :

나는 크게 웃어대며 바위 해변과

골풀 무성한 늪을 바쁘게 돌아다녔다.

새들이 퍼덕퍼덕 지나가도, 별빛이 반짝여도,

구름이 드높이 떠가도, 골풀이 물결치고

파도가 굽이쳐도, 나는 깔깔 웃었다.

나를 에워싼 채 팔랑거리는 이파리들, 퇴색한

너도밤나무 잎들도 입 다물지 않으리.

그리고 이제 나는 숲속에서 떠돌고 있다
여름이 금빛 벌들을 배불리 먹일 때도,
가을의 쓸쓸한 곳에서
표범-빛깔의 나무들이 생겨날 때도.
아니면 겨울 바닷가를 따라 늘어선
바위들에서 가마우지들이 와들와들 떨 때도.
나는 계속 배회하며, 두 손을 흔들고,
노래하며, 나의 거친 산발을 뒤흔든다.
회색 늑대가 나를 알아본다. 한쪽 귀가
붙잡힌 숲속 사슴이 나를 졸졸 따라온다.
산토끼들이 내 옆에서 대담하게 뛰어다닌다.
*나를 에워싼 채 팔랑거리는 이파리들, 퇴색한
    너도밤나무 잎들도 입 다물지 않으리.*

나는 중추 명월에 젖어서 잠든
어느 작은 마을에 우연히 들러,
발끝으로 서서 오르락내리락하며,
변덕스러운 장단에 맞춰, 중얼거렸다,
어찌하여 내가, 쿵쾅거리는 굉장한
발소리를, 밤낮으로, 쫓아다니다가,

어느 집 문간 의자에 버려진

이 낡은 현악기를 발견하고는,

그것을 숲으로 가져오게 되었는지,

어떤 잔혹한 불행에 대하여

우리의 화음들이 격렬하게 노래했는지.

나를 에워싼 채 팔랑거리는 이파리들, 퇴색한

   너도밤나무 잎들도 입 다물지 않으리.

힘든 하루가 끝날 때면, 나는 노래했다

어떻게 오킬[4]이 자신의 긴 흑발을 뒤흔들어

저물어가는 태양을 가려 버리고

허공에 흐릿한 향기를 퍼뜨리는지 :

나의 손이 현에서 현으로 지나갈 때면

악기가, 마치 내리는 이슬 같은 소리로,

그 빙빙 돌며 오락가락하는 불을 꺼주었다.

그런데 구슬픈 절규를 드높이다가 그만,

다감한 줄들이 뜯겨 나가 소리를 잃는 바람에,

다시 나는 숲과 언덕을 배회할 수밖에 없다

여름의 더위에도 겨울의 추위에도.

나를 에워싼 채 팔랑거리는 이파리들, 퇴색한

   너도밤나무 잎들도 입 다물지 않으리.

1   아일랜드신화에 등장하는 왕.

2   "이쓰(Ith)", "어메인(Emain)", "인버 아르메진(Inver Amergin)"은 아일랜
    드의 옛 지명들이다. 이쓰는 아일랜드 북서 지방에 있는 평원이며, 어메
    인은 붉은 가지 기사단(Red Branch Champion) 제왕들의 수도로 간주되
    는 곳이고, 인버 아메르진은 드루이드−시인 아메르진의 이름을 따서 지
    은 아일랜드 동부 아보카강(Avoca) 하구를 말한다.

3   "올라브(Ollave)"는 아일랜드의 전설과 학문을 대대로 지켜온 시인을 말
    한다.

4   "오킬(Orchil)"은 여자 마법사로, 밤과 죽음과 추위를 관장하는 신들의
    후손이다.

몰래 데려온 아이

The Stolen Child

드높은 바위산 슬루 숲[1]이

호수에 슬며시 잠기는 곳에,

나뭇잎 모양의 섬이 있단다.

퍼덕퍼덕 왜가리들이

졸린 물-쥐들을 깨우는 곳에

우리의 요정 통들을 숨겨 놓았지,

몰래 따온 딸기에

붉디붉은 버찌가 가득하나니.

어서 가자, 오 사람 아이야!

그 호숫가 야생으로

요정과 손에 손을 잡고서,

세상은 네가 이해할 수 없을 만큼 눈물 가득한 곳이니.

달빛 물결이 반짝반짝

어스레한 잿빛 모래밭을 비추는

아득히 먼 로시스[2] 해변에서

달이 떠올라 사라질 때까지

밤새도록 우린 서로 손을 엮고

눈빛을 엮어가며 이리저리

흔들흔들, 옛날 춤을 춘단다.

세상이 근심 가득하여

불안하게 잠들어 있을 동안

우리는 요리조리 뛰어다니며

보글보글 물거품을 쫓아다니지.

어서 가자, 오 사람 아이야!

그 호숫가 야생으로

요정과 손에 손을 잡고서,

세상은 네가 이해할 수 없을 만큼 눈물 가득한 곳이니.

방랑하는 물결이 글렌카[3] 협곡 위의

산에서 분출하는 곳,

별조차 목욕하기 힘든

깊은 늪 골풀 숲에서, 우리는

잠들어 있는 송어들을 찾아내

그놈들의 귀에다 속닥속닥

불안한 꿈들을 심어 놓고,

그 작은 냇물에 눈물을

뚝뚝 흘리는 고사리들에

살포시 기대어 있지.

어서 가자, 오 사람 아이야!

그 호숫가 야생으로

요정과 손에 손을 잡고서,

세상은 네가 이해할 수 없을 만큼 눈물 가득한 곳이니.

아이는 우리와 함께 떠나리,

진지한 눈빛의 아이는

더 이상 따스한 언덕 비탈에서

음매 우는 송아지 소리,

가슴에 배어드는 벽난로 주전자의

평화로운 노래도 듣지 못하고,

갈색 생쥐가 귀리 궤짝 돌고 돌며

까불대는 모습도 보지 못하리.

어서 가자, 사람 아이야,

그 호숫가 야생으로

요정과 손에 손을 잡고서,

네가 이해할 수 없을 만큼 눈물 가득한 세상에서 떠
나자.

---

1 "슬루(Sleuth Wood, or Slish Wood)"는 슬라이고(Sligo, 예이츠의 고향)
  의 길 호수(Lough Gill) 근방에서 자생하는 나무로, 아일랜드어로 '비탈
  (slope)'의 뜻이 담겨 있다.
2 "로시스(Rosses)"는 슬라이고에서 20여 리 떨어진 바닷가 마을로, 지역
  주민들에게 유령 출몰지로 알려져 있다.
3 "글렌카(Glen-Car)"는 슬라이고의 불벤산(Ben Bulben)과 콥스산(Copes
  Mountain) 사이에 있는 계곡 또는 호수.

퍼거스와 드루이드[1]

Fergus and the Druid

퍼거스. 오늘 온종일 나는 바위틈에서 쫓아다녔고,

　자네는 이 모습 저 모습으로 계속 변신했지,

　처음에는 깃털이 거의 남아 있지 않은

　오래된 날개의 갈가마귀 같더니, 어느새

　바위에서 바위로 건너다니는 족제비 같았지,

　이제야 마침내 인간의 모습으로 돌아왔구려,

　성긴 백발이 깊어가는 밤에 거의 가려졌군.

드루이드. 당당한 붉은 가지 왕 중의 왕이여, 뭘 원하오?

퍼거스. 살아 있는 가장 현명한 영혼이여, 이 말을

　하고 싶었네 :

　젊고 영리한 콘코와가 바로 내 곁에 앉았지,

　내가 결단을 내렸는데, 그의 말들이 어질더군,

　나에게는 끝없는 짐이었던 일이

　그에게는 쉬운 일 같았지, 그래서 내가 왕관을

　그의 머리에 씌워 주고 나의 슬픔을 내쳐 버렸

　다네.

드루이드. 당당한 붉은 가지 왕 중의 왕이여, 뭘
원하오?

퍼거스. 왕이요 당당하다! 그게 바로 나의 절망이네.
나는 산에 사는 내 백성들과 어울려 맘껏
포식하고,
숲을 거닐고, 속삭이는 바다의 하얀 가장자리에서
나의 전차-바퀴를 몰며 살고 있네.
그런데 여전히 내 머리에 왕관이 얹혀 있는 기분
이라네.

드루이드. 퍼거스, 뭘 원하오?

퍼거스. 더는 왕으로 살지 않고,
자네의 그 꿈꾸는 지혜를 배우고 싶네.

드루이드. 나의 성긴 백발과 쑥 들어간 두 뺨
칼도 들 수 없는 이 두 손을 보구려,
이 몸도 바람에 날리는 갈대처럼 바들거린다오.
나를 사랑한 여자도, 내게 도움을 구한 남자도
없었거늘.

퍼거스. 왕은 그저 어리석은 일꾼

　자기 피를 소모해서 다른 사람의 꿈이 되지.

드루이드. 굳이 원한다면, 이 작은 꿈 자루를

　　가져가구려.

　노끈을 풀면, 그 꿈들이 전하를 감쌀 것이니.

퍼거스. 변화에 변화를 거듭하며 강물처럼 떠가는

　나의 삶이 보이는구려. 참 많은 변화를 겪었지 —

　굽이치는 파도 속의 푸른 물방울, 검에

　비치는 섬광, 언덕 위의 전나무,

　무거운 맷돌을 붙들고 가는 늙은 노예,

　황금 옥좌에 앉아 있는 왕으로 —

　물론 그 모든 삶이 신나고 대단했지.

　그런데 이제 무無가 되고 나니, 다 알겠네.

　아! 드루이드, 드루이드, 어찌나 대단한 슬픔의

　　그물이

　이 작은 슬레이트-빛깔의 자루 속에 숨어

　　있었던지!

1   "퍼거스(Fergus)"는 아일랜드 얼스터신화(Ulster Cycle)에 등장하는 붉은
    가지 기사단의 우두머리 왕으로, 콘코와(Conchobar)에게 왕위를 빼앗
    겼는데, 여기서는 그것을 넘겨주었다고 말하고 있다. "드루이드(Druid)"
    는 켈트신화에서 사제, 예언자, 마법사이자 시인으로 묘사된다.

바다와 싸우는 쿠훌린[1]

Cuchulain's Fight with the Sea

한 사내가 저무는 해에서 천천히 다가와,
요새에서 자토로 천을 물들이는 에메르[2]에게
말했다, "저는 부인의 명으로 숲과 바다 사이의
길을 살펴보러 갔던 그 돼지 치는 사람입니다,
그런데 이제 제가 더 살펴볼 필요가 없게 되어서요."

그러자 에메르가 옷감을 마루에 던져놓고
물감에 온통 붉게 물든 양팔을 쳐들더니,
입술을 벌리며 느닷없이 크게 소리쳤다.
그 돼지 치는 이가 그녀의 얼굴을 쳐다보며 말했다,
"살아 있는 어떤 사내도, 죽어 버린 어떤 사내도,
그분의 전차들이 싣고 올 황금은 얻지 못했을 겁니다."

"그런데 너의 주인이 승리해서 돌아오고 있다는데
왜 너는 머리부터 발끝까지 파랗게 질려서 떠느냐?"

그 말에 그가 더 바들바들 떨며 옷감이 쌓여 있는
마루에 풀썩 주저앉아, 소리 높여 말했다 :

"새처럼 고운 목소리의 여자가 그분과 함께 있습니다."

"네놈이 내 앞에서 감히 나에게," 그러면서
그녀가 붉게 물든 주먹으로 내려치고는, 비틀거리는
발걸음으로, 아들이 소 떼를 돌보는 데로 가서
성난 목소리로 말했다, "평범한 소몰이꾼으로,
인생을 빈둥빈둥 보내다니, 마뜩지가 않구나."

"어머니, 저도 그 말을 오랫동안 기다렸어요 :
그런데 왜 지금이에요?"

　　　　　　　　　　　　"죽어야 할 사람이 있다.
네가 하늘 밑에서 가장 육중한 팔을 가지고 있잖니."

"햇빛 아래든 별빛 아래든
아버지가 전차들 사이에서는 가장 돋보이잖아요."

"하지만 네가 이미 더 큰 사내로 성장했어."

"그래도 별빛이나 태양 아래 어디에서든
아버지가 돋보이세요."

　　　　　　　　　　　　"늙었잖아, 보병, 기병이나
전차 타고 전투를 벌이느라 기운이 다 빠져 버렸다고."

"그럼 내가 어디로 가야 하는지만 물어볼게요,
어머니를 괴롭힌 분이 어머니를 슬기롭게 했으니까요."

"숲의 가장자리와 바다의 말들 사이에
널찍이 포진한 붉은 가지 기사단의 야영지다.
거기로 가서, 숲의 가장자리에 모닥불을 피우거라.
다만 칼날로 강요하는 자에게만 너의 이름과
혈통을 밝히고, 그들이 너랑 똑같은 맹세를 하고
연회에 참석한 사람을 찾아낼 때까지 기다려라."

연회를 즐기는 이들 틈에 쿠홀린이 끼어 있었고,
그의 젊은 애인은 옆에 바짝 붙어 무릎을 꿇은 채,
마치 봄이 옛 하늘을 쳐다보듯,
그의 음울하고 경이로운 눈을 응시하며,
그의 영광스러운 나날들을 곱씹고 있었다.
주변의 모든 하프-현도 그를 칭송하였고,
붉은 가지 기사단의 왕중왕, 콘코와도
자기 손가락으로 그 놋쇠 빛깔의 현을 탔다.

마침내 쿠홀린이 말했다. "어떤 사내가
나뭇잎 우거진 그늘에 밤불을 피웠더군.

그가 오가며 부르는 노랫소리를 자주 들었고,
그의 고운 활 소리도 자주 들었는데,
뭐 하는 자인지 알아보라."

한 병사가 다녀왔다.
"검-끝에 찔리면 모두에게 자기 이름을 알려주겠다며,
우리가 그자와 똑같이 맹세하고 연회에 참석한 사람을
찾아낼 때까지 기다리겠다고 전하랍니다."

쿠훌린이 외쳤다, "우리 군에서 어릴 적부터
그렇게 맹세한 사람은 오로지 나뿐이다."

그 나뭇잎 우거진 그늘에서 짧게 싸운 후에,
그가 그 청년에게 말했다, "자네를 사랑하는
처녀 한 명 없고, 자네를 안아줄 하얀 팔도 없거늘,
찾아와서 감히 나에게 정면으로 도전하다니,
저 어둡고 졸음에 겨운 땅을 갈망하는 것인가?"

"사람의 운명은 신의 은신처 안에 있습니다."

"자네의 두상을 언뜻 보니 한때 내가 사랑했던
여자의 두상을 닮았던데."

다시 싸움이 속개되었으나,

쿠훌린의 몸속에서 전투의 격정이 막 깨어난 터라,

오래된 칼날이 그 새로운 칼날의 방어를 뚫고 들어가

청년의 몸을 내찔렀다.

"숨이 끊어지기 전에 말하게."

"나는 쿠훌린, 강대한 쿠훌린의 아들이오."

"내가 너의 고통을 덜어주마. 다른 수가 없구나."

낮이 자신의 무거운 짐을 밤에 넘겨주는 동안,

쿠훌린은 내내 머리를 수그린 채 무릎을 꿇고 있었다.

이윽고 콘코와가 그 고운 목소리의 처녀를 보냈고,

그녀가, 그를 달래려고, 그의 백발을 어루만졌다.

그녀의 두 팔도, 보드랍고 하얀 가슴도 소용없었다.

그러자 모든 사람 중에서 으뜸으로 영리한 콘코와가

드루이드 사제들을 열 명씩 세워서 그를 에워싸게

하고

이렇게 말했다 : "쿠훌린은 거기에 사흘을 더 머물며

두려운 정적 속에서 수심에 잠겨 있다가,

일어나면, 사납게 날뛰며 우리를 다 죽이려 들 것이다.

그의 귓속에 마법 같은 환상들을 불어넣어,

그가 바다의 말들과 싸우게 하라."

드루이드 사제들이 신비 의식을 치르며,

사흘 동안 노래하였다.

쿠훌린이 일어나서,

바다의 말들을 노려보았고, 전차들의 소리와

그의 이름을 외치는 소리가 들렸다.

이윽고 난공불락 물결과의 싸움이 시작되었다.

---

1 "쿠훌린(Cuchulain)"은 얼스터 전설에 등장하는 반신반인의 전사 영웅.

2 "에메르(Emer)"는 포르갈 모나크(Forgall Monach, '교활한 포르갈'의 뜻)
   의 작은 딸이자 쿠훌린의 아내. 포르갈의 작은딸 에메르(Emer, 혹은 에
   베르)와 사랑에 빠진 쿠훌린이, 미혼의 큰딸 피알(Fial)을 그에게 시집
   보내려는 포르갈의 반대에 부딪히자, 포르갈의 요새를 급습해서 병사들
   을 죽인 후에 에메르를 납치하고 보물을 훔쳐 달아난다. 그리고 포르갈
   은 성벽에서 떨어져 죽는다. 「바다와 싸우는 쿠훌린」은 한참 후의 이야
   기로, 쿠훌린이 다른 여자를 끼고 산다는 소리에 발끈한 에메르가 아들
   을 보내서 아버지의 칼에 찔려 죽게 만든다는 섬뜩한 이야기다.

하얀 새들

The White Birds

임이여, 우리가 바다의 물거품을 타는 하얀 새라면!

유성의 불꽃이 희미하게 사라지기 전에, 우리가 먼저
그 불꽃에 싫증을 내련만.

새벽녘 푸릇한 별의 불꽃이, 하늘의 가장자리에 나직
이 걸려 있다가,

우리의 가슴속에서 어느새, 임이여, 꺼지지 않을 한
슬픔을 일깨웠구려.

권태는 저 몽상가들, 이슬방울 맺힌, 백합과 장미에
서도 밀려드나니,

아, 임이여, 꿈꾸지 마오, 사라지는 유성의 불꽃도,

떨어지는 이슬 속에 나직이 걸려 꾸물거리는 푸른
별의 불꽃도 :

차라리 우리가 방랑하는 거품을 타는 하얀 새들로
변했으면 좋겠구려 : 나와 당신이!

나는 무수한 섬들과, 수많은 다누 일족의 해변에 사
로잡혀 있는데,[1]

그곳에 가면 시간이 틀림없이 우리를 잊어 버리고,
슬픔도 더는 우리에게 얼씬하지 못할 테니,

금시에 우리가 장미와 백합과 조바심치는 불꽃들로
부터 멀리 벗어나련만,

임이여, 우리가 정말로 바다의 거품 타고 둥둥 떠가
는 하얀 새들이라면!

---

1   켈트신화의 신들은 투아하 데 다난(Tuatha Dé Danaan), '여신 다누의 일
족'으로 불리는데, 이들은 아일랜드에서 쫓겨나 일부는 바다로, 일부는
땅속으로 모습을 감췄다고 하며, 작은 요정으로 변신하여 '청춘의 나라
(Tir–Nan–Oge)'에서 즐겁게 살고 있다고 전해진다.

세상의 장미
The Rose of the World

아름다움이 꿈처럼 사라질 줄을 누가 알았으랴?
너무 오만해서 애처로운, 다시는 기적이
안 일어날 듯해서 애처로운 이 붉은 입술[1] 때문에,
트로이는 한 줄기 드높은 장례 불길에 사라졌고,
우스나의 자식들[2]도 죽었다.

우리도 이 괴로운 세상도 결국 사라지겠지만,
흘러가는 한겨울의 파리한 강물처럼,
가물거리다 비켜서는 사람 영혼들에 섞여,
하늘의 거품, 지나가는 별들 밑에서,
이 외로운 얼굴은 계속 살아가리니.

조아려라, 대천사들아, 너희의 아득한 거처에서,
너희가 있기 전에, 아니, 뭇 심장이 뛰기 전에,
신의 옥좌 곁을 서성거리다가 지친 상냥한 여인에게,
그분이 세상을 무성한 풀밭 길로 만들어
그녀에게 방랑하게 했나니.

1   그리스신화의 헬렌(Helen)을 언급하는 대목이다. 신화에 따르면 헬렌은
    백조로 변신한 신들의 왕 제우스가 인간 여인 레다(Leda)를 덮쳐서 그
    인연으로 탄생한 그리스의 절세미인이었다. 스파르타 왕 메넬라오스의
    왕비였던 헬렌을 트로이의 왕자 파리스가 납치하는 바람에 트로이전쟁
    이 발발하고 그로 인해 트로이가 망했으니, 그녀의 미모를 일러 경국지
    색이었다고 하겠다. 예이츠의 시에서 헬렌은 거의 항상 그의 평생 연인
    이자 지기였던 모드 곤(Maud Gonne, 1866~1953)을 암시하고 가리킨다.
2   고대 아일랜드 전설에 등장하는 "우스나(Usna or Usnach)의 자식들"을
    가리킨다. 울스터국(Ulster)의 전사였던 아들 나오이즈(Naoise)가 국왕
    의 배필 데어드리(Deirdre)를 납치해서 두 형제와 함께 스코틀랜드로 도
    망쳤는데, 왕이 간계를 부려서 네 사람을 아일랜드로 돌아오게 한 다음
    에 세 형제를 죽여 버렸다는 이야기가 전해진다.

누가 퍼거스와 함께 갈까?[1]
Who Goes with Fergus?

누가 이제 퍼거스와 함께 마차를 몰고

깊은 숲 얽히고설킨 그늘을 헤치고 나가,

반반한 해변에서 춤출까?

청년아, 너의 황갈색 이마를 들어라,

처녀야, 너의 부드러운 눈꺼풀을 들어 올려라,

그리고 더는 희망과 두려움에 연연하지 마라.

더는 사랑의 쓰라린 신비에

연연하지 말고 외면하지도 마라,

퍼거스가 그 놋쇠 마차를 통제하고,

그 숲의 그림자들과,

그 아련한 바다의 하얀 가슴과

흩어져 배회하는 뭇 별들도 다스리나니.

1 　아일랜드 출신의 위대한 모더니즘 소설가 제임스 조이스(James Joyce, 1882
　　~1941)가 매우 좋아했던 작품으로, 그의 소설 『율리시스(*Ulysses*)』(1922)에
　　서 주인공 스티븐(Stephen Daedalus)이 죽어가는 어머니에게 들려주는 노
　　래로 묘사된다.

평화의 장미

The Rose of Peace

미카엘, 천군의 수장도,

장차 천국과 지옥이 맞설 때,

천국 문설주에서 당신을 내려다본다면

자신의 임무를 잊고 말리라.

신의 전쟁에 대해 더 이상 생각하지 않고

자신의 거룩한 집에서,

별들로 화관을 엮어 당신의 머리에

씌워주고 싶으리라.

그리하여 만인이, 머리를 조아리는 미카엘과

당신을 찬미하는 하얀 별들을 보고서,

고결한 방식들에 이끌려, 마침내

신의 위대한 도시로 모여들리라.

신도 자신의 전쟁을 끝내라 명하며,

만사가 잘 풀렸다 선언하고,

너그럽게 장밋빛 평화를 이루리라,

천국과 지옥의 평화를 이루리라.

여명 속으로

Into the Twilight

닳고 닳은 가슴아, 닳고 닳은 시간에,
옳음과 그름의 그물을 훌훌 털고 나오라,
가슴아 잿빛 여명에 젖어 다시 웃어라,
가슴아, 아침 이슬에 젖어, 다시 슬퍼하여라.

너의 어머니 에이레[1]는 언제나 젊다,
이슬은 계속 반짝이고 여명은 잿빛이다.
희망이 너를 저버리고 사랑이 썩더라도,
헐뜯는 혀의 불길로 타오른다.

가슴아, 언덕에 언덕이 쌓인 데로 가라.
거기서 해와 달과 골짜기와 강과
냇물이 신비로운 형제애로 어우러져
각자의 뜻을 펼쳐 나가나니.

신은 자신의 쓸쓸한 뿔피리를 불며 서 있고,
시간과 세상은 계속 날아가나니,
사랑은 잿빛 여명보다 다정하지 않고,

희망도 아침의 이슬보다 귀하지 않으니.

---

1 "에이레(Eire)"는 아일랜드 공화국의 옛 이름이자 별칭.

방랑자 앵구스의 노래[1]

The Song of Wandering Aengus

나의 머릿속에서 불길이 일어서,
나는 개암나무 숲으로 나가,
개암 가지를 잘라 벗겨 낚싯대를 만들고,
딸기 한 알 낚싯줄에 걸었지.
하얀 나방들이 날아다니고,
나방 같은 별들이 깜박이다 꺼질 무렵에,
나는 그 딸기를 냇물에 드리워
작은 은빛 송어 한 마리를 낚았지.

나는 그 송어를 마루에 내려놓고
불을 피우려고 나갔는데,
무언가가 마루 위에서 바스락대더니,
누군가가 나의 이름을 불렀지.
송어가 어느새 가물거리는 소녀로 변해
사과꽃 머리에 꽂고
나의 이름을 부르며 뛰쳐나가
밝아오는 허공으로 사라져 버렸지.

우묵한 땅과 치솟은 땅들을 두루

방랑하다가 이제 늙은 몸이지만,

나는 기어이 소녀가 간 곳을 찾아내

소녀의 입술에 키스하고 손을 잡으리.

길고 얼룩덜룩한 풀밭 사이로 거닐며,

시간과 세월이 끝날 때까지 따 먹으리,

은빛 달 사과,

금빛 해 사과.

---

1 "앵구스(Aengus)"는 켈트신화에서 사랑, 청춘, 미와 시의 신으로, 청춘의
   나라 통치자로 통한다.

방울 모자
The Cap and Bells

어릿광대는 정원에서 거닐었다.
정원이 고요해지자,
광대가 자기 영혼에게 부상해서
여왕의 창턱에 서라고 명했다.

영혼이 새파란 옷을 입고 부상하자,
올빼미들이 울기 시작했다.
고요하고 가벼운 발소리를 떠올리며
영혼의 입술은 슬기로워져 있었다.

그러나 젊은 여왕이 들으려 하지 않았다.
그녀가 엷은 잠옷 차림으로 일어나,
육중한 여닫이창을 끌어당기고
빗장들을 꾹 눌러 버렸다.

광대가 마음에게 가보라고 명했다.
올빼미들은 더 이상 울지 않았다.
붉게 나부끼는 옷차림의

마음이 문틈으로 여왕에게 노래했다.

마음의 입은 꽃처럼 팔랑거리는 머리칼을
꿈꾸며 달콤해져 있었다.
그런데 여왕이 탁자에서 부채를 집어 들고
허공을 휘휘 저어 마음을 쫓아버렸다.

'이제 가진 건 방울 모자뿐,' 광대는 생각했다,
'이 모자를 여왕님께 보내고 죽자,'
그리하여 아침이 하얗게 밝을 무렵에
광대는 여왕의 행차 길에 모자를 놓아두었다.

여왕이 구름 같은 머리칼이 휘덮인
그녀의 가슴에 그 모자를 품고,
붉은 입술로 사랑 노래를 불렀다 :
별들이 창공에서 사라질 때까지.

여왕이 문과 창문을 활짝 열자,
그 사이로 마음과 영혼이 들어와서
붉은 마음은 여왕의 오른손에,
푸른 영혼은 여왕의 왼손에 안겼다.

그 둘이 귀뚜라미처럼 시끌벅적
슬기롭게 달콤하게 재잘거렸다.
여왕의 머리칼은 접힌 꽃송이 같았고
사랑의 고요가 그녀의 발치에 깃들어 있었다.

제2의 트로이는 없다

No Second Troy

왜 내가 그녀를 비난해야 하나, 그녀가 나의 나날을

고통으로 채웠다고, 아니면 그녀가 최근에

무지한 자들에게 몹시 폭력적인 방식들을 가르쳐서,

그들에게 욕망에 버금가는 용기만 있었다면,

작은 거리들을 큰 거리에 메어붙일 뻔했다고?

고매함이 불처럼 단순해진 마음에,

고귀하고 고고하고 몹시 완고해서,

요즘 같은 시대에는 자연스럽지 않은 부류의,

마치 팽팽하게 쥔 활 같은 미모를 지닌 여인을

무엇으로 누그러뜨릴 수 있었겠는가?

하물며, 그런 여자로서 뭘 할 수 있었겠는가?

그녀가 불태울 트로이가 또 있었나?

회색 바위

The Grey Rock

나와 함께 같은 일을 배운 시인들,
체셔 치즈[1] 식당의 동무들이여,
내가 고쳐 쓴 옛이야기 한 편 소개하네,
요즘 유행하는 이야기들보다 자네들의 귀를
한층 기쁘게 해 주리라 상상하면서,
헛소리한다고 생각할 수도 있겠으나
이 이야기에 죽음보다 활기 넘치는
열정이 깃들어 있는 척하면서 말이지.
자네들의 술을 병에 채워 넣을 적에
저 옛날 신중한 고반[2]이 아무 말 안 했어도,
교훈은 나의 몫이기에 또한 자네들의 몫이네.

하루가 저물어 술잔이 돌 무렵이면 —
유익한 얘기들을 나눌 적기가 아니겠나? —
신들도 슬리브나몬[3] 언덕 위의 대저택
식탁에 둘러앉아 있었다네.
그들은 졸리는 노래를 부르거나, 코를 골았지,
모두가 술과 고기를 잔뜩 먹었으니까.

연기 피어나는 횃불들이 환하게 비쳤네
고반이 탕탕 망치질해서 만든 금속판에,
거기서 굴러다니는 낡고 오목한 은그릇이나
아직 비우지 않은 누군가의 술잔에도 비쳤지.
고반이 격앙해서 근육이 꿈틀거릴 때,
산꼭대기에서 망치로 두들겨 만든 그 잔에는
그가 손수 빚은 성스러운 술이 담겨 있었는데
오로지 신들만이 그에게서 살 수 있지.

마침 그 정수를 마시고 슬기로워진 터라
모든 신들이 각자의 눈에 아른거리는
상상의 산물들을 부상시켰는데,
그중에서 여자처럼 생긴 무언가가
그들의 졸린 눈꺼풀 앞으로 달려와서
열정에 부들부들 떨며 말했지,
"어서 나가 땅을 파서 한 인간의 시체 좀 찾아 줘요,
땅속의 어딘가로 파고들고 있을 텐데,
그의 얼굴에 대고 조롱을 퍼부은 다음에
말과 사냥개를 부추겨서 그를 괴롭혀 줘요.
그는 모든 죽은 사람 중에서 가장 악질이니까."

우리라면 어찔어찔 기절초풍할 일이지,

혹시 우리가 꿈에라도 그 방, 그 술에 취한
눈들을 본다면, 우리의 다가올 날들을 싹
비워 버리는 우리의 운명을 저주할 일이고말고.
나도 만족할 줄 모르는 한 여자를 알았지,
그녀는 꼬마였을 때부터 그렇게 생겨 먹은
남자들과 여자들만 꿈꾸었으니까.
그러다가, 그녀의 피가 사납게 날뛸 때,
그녀 자신의 속내를 술술 풀어 놓더니,
대뜸 말했지, "2년 아니면 3년 안에
나는 꼭 가난한 촌뜨기랑 결혼하고 말 거예요,"
그렇게 말하고는, 눈물을 터트렸지.

술집 동무들이여, 자네들이 죽은 후에도,
아마 자네들의 잔상들은 남아 있을 것이네,
이 방 저 방 가득 메운 사람들에게는
뼈도 근육도 다 털어 버린 허상에 불과하겠지만.
자네들은 젊어서 최후를 맞이할 수밖에 없었지 ―
그게 술이나 여자 때문이었든, 웬 저주 때문이었든 ―
그러나 절대로 몹쓸 조악한 노래를 지어서
지갑을 두둑하게 불린 적이 없었고,
어떤 명분에 야단스럽게 헌신해서
떼거리 친구들을 사귄 적도 없었지.

144

자네들은 뮤즈들의 한층 엄격한 법을 지키다가,

후회 없이 자네들의 최후를 맞이하였지,

그리하여 권리를 얻었지 —그래서 아직도

내가 도슨과 존슨을 칭송해 마지않는다네[4] —

세상의 잊힌 벗들과 함께 무리 지어, 그들의

당당하고 한결같은 시선을 본받을 권리를 말이네.

"데인족의 군대가 쫓겨서 퇴각한 것은

여명과 황혼 사이였어요," 그녀가 말했지,

"하지만 장기전이 될 것 같았어요,

아일랜드의 국왕이 죽었고

절반에 달하는 장군들이, 일몰 전에

모두 끝장나 버렸는데도요."

                                "이날

아일랜드 왕의 아들, 머로우가

한 발짝 두 발짝 후퇴하고 있었는데,

그와 그의 정예부대원들은 서로 등을 맞댄 채

거기서 전멸한 상태였죠, 그런데도 데인족이 달아났어요,

어떤 보이지 않는 사람이 고함을 지르며,

공격하는 바람에 덜컥 겁을 먹은 거였어요.

그래서 고마운 마음에 머로우가 땅바닥

여기저기에 찍혀 피가 흥건하게 고여 있는
똑같은 발바닥 자국을 발견하고, 따라가 보니,
그 사내가 지킨 오래된 가시나무 숲 옆이었죠.
하지만 이리저리 둘러봐도, 보이는 게
가시나무들뿐이라서, 머러우가 말했어요,
"한낱 공기 같은 몸으로, 그토록
굉장한 타격을 입힌 친구가 대체 누굴까?"
그 말에 한 젊은이가 그의 눈을 바라보며
대답했죠, "이퍼[5]가 저를 사랑으로 꼭
품어서, 제가 죽지 않게 해줬기 때문입니다.
바위틈에서 자란 그녀가 바늘 하나를 뽑아서
그것을 저의 셔츠에 꽂아주며,
그 바늘 때문에 어떤 사람도
저를 해치지 못할 것이라고 약속했지요.
그런데 바늘이 빠져 버렸네요. 안 그래도 내내
부끄러웠는데, 왕의 아드님도 숱한 상처를
입은 마당에, 제가 그런 행운을 누릴 수는 없지요."
기운찬 말이었어요, 하지만 밤이 닥쳤을 때
그는 나를 배신하고 무덤으로 가 버렸죠,
그도 왕의 아들도 다 죽어 버렸으니까요.
내가 그에게 200년을 약속했고,
내가 그렇게나 잘해 주고 그리 일렀는데 ─

이 불멸의 눈에서 눈물마저 흘렸는데 —
그는 조국의 요구가 최우선이라고 주장했죠.
내가 그의 목숨을 구해줬건만, 새 친구를
위해서 그는 유령으로 변하고 말았어요.
내 가슴이 부서진들 그가 거들떠나 보겠어요?
내가 삽과 말과 사냥개를 불러올 테니
다 같이 그를 괴롭혀 주자고요." 그러더니
그녀가 땅바닥에 몸을 내던지고
자기 옷을 갈기갈기 찢으며 한탄했지.
"회색 바위를 떠도는 거룩한 혼령들과
바람결에 실린 빛에서 얻은 힘이거늘
왜 저들은 믿음을 저버릴까요?
왜 가장 믿음직한 가슴이 거짓된 얼굴들의
씁쓸 달콤한 모습을 그리도 사랑할까요?
왜 영원한 사랑이 덧없는 존재를 사랑하고,
왜 신들이 인간들에게 배반당해야 하나요?"

그런데 그 말이 끝나자 모든 신이
잔잔한 미소를 머금고 소리 없이 일어나,
저마다 팔을 쭉 뻗어서 땅바닥에 엎드려
한탄하던 그녀의 몸에 술잔을 퍼부어,
졸지에 속살까지 젖어 들게 했지.

그러자 고반의 포도주에 흠뻑 젖은 그녀가,

그간 있었던 일들을 까맣게 잊고,

입술에 웃음을 머금은 채 신들을 말똥말똥 쳐다봤지.

나는 믿음을 지켰네, 믿음이 흔들리기도 했지만,

저 바위에서 태어나, 바위를 떠도는 발길을 믿었네.

또 자네들이 죽은 후로 세상이 변해서,

연인의 음악보다는 칼 솜씨가 훨씬 더

중요하다고 여기며, 바다에 맞서는

소란한 무리에게, 나의 평판 역시

그리 좋은 편은 아니지만 — 아무려면 어떤가,

그 떠도는 발길이 흡족하면 그만인 것을.

---

1 "체셔 치즈(Cheshire Cheese)"는 예이츠가 활동한 시인 클럽(Rhymers Club) 회원들의 단골 모임 장소.

2 "고반(Goban)"은 고대 켈트족의 신화에서 석수, 건축의 신, 혹은 지혜의 신으로 통하며, 이후의 시행들에서는 '금은세공 장인'으로 묘사된다.

3 "슬리브나몬(Slievenamon)"은 먼스터주 티퍼러리 카운티(Tipperary, Munster)에 있는 산으로, 아일랜드어로는 슬리아브나만(Sliabh na mBan, "여인들의 산")이라고 한다. 이 시에서는 그리스신화의 올림포스(Olympus)처럼 '신들이 모여 사는 장소, 또는 연회장소'로 묘사된다.

4 "도슨(Ernest Dowson, 1867~1900)"과 "존슨(Lionel Johnson, 1867~1902)"은 시인 클럽에서 예이츠와 어울렸던 시인들이다.

5 "이퍼(Aeofe)"는 켈트신화에 등장하는 여신 혹은 요정.

1913년 9월

September 1913

왜 당신들이 필요하겠나, 철이 들어도,
번들거리는 돈궤나 만지작거리고
한 푼에 반 푼을 더하고
떨리는 기도에 기도를 더하느라,
뼈에서 골수를 다 말려 버리고 마는데?
사람들이 기도하고 건지려고 태어났으니 :
낭만적인 아일랜드는 죽었다 사라졌다,
오리어리[1]와 함께 무덤에 묻혀 버렸다.

그래도 그들은 다른 부류의 사람들이었다,
당신들의 유치한 놀음을 멈추게 했던 이름들,
그들은 바람처럼 세상을 떠돌았으나,
그들에겐 기도할 시간도 거의 없었거늘
누구를 위해 교수형 밧줄은 꼬아졌는가,
무엇을, 아 신이시여, 그들이 건졌나이까?
낭만적인 아일랜드는 죽었다 사라졌다,
오리어리와 함께 무덤에 묻혀 버렸다.

이 꼴을 보자고 물결이 일 때마다

그 기러기들[2]이 잿빛 날개를 펼쳤나,

이 꼴을 보자고 그 많은 피가 뿌려졌나,

이 꼴을 보자고 에드워드 피츠제럴드가 죽었고,

로버트 에밋과 울프 톤[3] 같은

용자들이 그렇게 미친 듯이 외쳤나?

낭만적인 아일랜드는 죽었다 사라졌다,

오리어리와 함께 무덤에 묻혀 버렸다.

그렇지만 우리가 그 세월을 다시 돌려서,

외로움과 고통에 사무쳐 살았던

그 망명자들을 불러올 수 있다면,

당신들은 외치리라, "웬 여자의 노란 머리칼이

모든 어머니의 자식을 미치게 했다":

그들은 자신들의 헌신을 아주 가벼이 여겼다.

그러나 그대로 놔두자, 그들은 죽었다 사라졌다,

그들은 오리어리와 함께 무덤에 묻혔다.

1 　존 오리어리(John O'Leary, 1830~1907)는 페니언 회(Fenian : 영국의 아
　　일랜드 통치를 종식하고 독립을 목적으로 1850년대에 미국과 아일랜드
　　에서 결성된 비밀결사)의 지도자로, 예이츠가 존경해마지 않았던 인물
　　이다.

2 　"기러기들(Wild Geese)"은 17세기 후반에 영국(신교)과의 종교전쟁에서
　　패해 아일랜드에서 추방당한 가톨릭 무장 군인들을 말한다. 당시 14,000
　　여 군인들이 아일랜드를 떠나 유럽(특히, 프랑스)을 떠돌며 20세기 초
　　까지 대대로 용병 생활을 하였다.

3 　"피츠제럴드(Edward FitzGerald, 1763~1798)", "에밋(Robert Emmet, 1778
　　~1803)"과 "톤(Wolfe Tone, 1763~1798)"은 모두 아일랜드의 민족주의자
　　로, 아일랜드 독립을 위해 몸을 바친 사람들이다.

파넬의 장례식[1]
Parnell's Funeral

1

위대한 희극인[2]의 무덤 아래 모여든 군중.
한 다발의 격렬한 구름이 날리어
하늘에 퍼지고, 구름이 끼지 않아 여전히
밝은 곳에, 더 밝은 별 하나가 떨어진다.[3]
어떤 전율이 저토록 동물적인 핏속으로 흐를까?
이 희생물은 뭔가? 저기 있는 누군가는
　별을 꿰뚫어 버린 크레타의 화살촉을 기억할 수 있
을까?

　별빛이 반짝반짝 새어드는 풍성한 나뭇잎,
흥분한 사람들, 그리고 가지들이 솟은 곳에
앉아 있는 한 아름다운 소년. 어떤 신성한 활.
한 여인, 그리고 시위에 장전된 화살 한 발.
한 꿰뚫린 소년, 널브러진 어떤 별의 모습.
위대한 어머니를 나타내는, 그 여인이
그의 심장을 도려냈다. 어느 도안 대가가

시칠리아 동전에 소년과 나무를 새겨 넣었다.

한 시대는 한 시대의 역逆이다.

이방인들이 에밋, 피츠제럴드, 톤을 살해했을 때,

우리는 채색 무대를 구경하는 사람들처럼 살았다.

그 장면이 무슨 상관인가, 장면은 사라져 버렸는데 :

그것은 우리 삶을 건드리지 않았다. 그저 대중의 분격,

*히스테리 격정*이 이 사냥감을 끌어내렸을 뿐이다.

우리가 그의 심장을 삼켰을 때, 우리의 죄를 분담한 이는

없었고, 채색 무대에서 어떤 역할을 한 이도 없었다.

자, 그 비난의 눈초리를 나에게 돌려라.

나는 비난을 갈망한다. 불렸던 모든 노래,

아일랜드에서 표현된 모든 말도 다

군중이라는 전염병에서 증식된 거짓말이다,

쥐들이 죽기 전에 듣는 압운만이 예외다.

이 맨 영혼이 지닌 무상한 것들은 그대로

두고, 모든 사람에게 그 용기容器를 판단하게 하라

그것이 과연 동물인지 아니면 사람인지.

2

그 나머지는 나도 넘어가고, 한 문장만 취소한다.
드 발레라[4]가 파넬의 심장을 먹었다면
가벼운 입의 선동가가 승리하지 못했을 것이다,
시민의 적의가 나라를 찢어발기지 못했을 것이다.

코스그라브[5]가 파넬의 심장을 먹었다면, 국민의
상상력이 충족되었을 것이다,
그게 부족했더라도, 정부가 그런 손들에 맡겨져서,
그중 유일한 정치가 오히긴즈[6]가 죽지 않았을 것이다.

하물며 오더피[7]에게도 ― 그러나 더는 거명하지 않
겠다 ―
그들의 학교 민중이 있었고, 그의 스승 고독이 있었다.
조너선 스위프트[8]의 검은 숲을 그는 지나갔고, 거기서
쓸쓸한 지혜를 따먹고 피가 더욱 진해졌다.

1. 파넬(Charles Stewart Parnell, 1846~1891)은 케임브리지 대학교를 졸업하고 정계에 진출하여 1874년에 아일랜드 의회파의 지도자가 되었고 이듬해에는 영국 하원의원으로서 아일랜드의 권리 옹호에 힘썼다. 아일랜드 자치파의 지도자로서 과격한 연설로 1881년에 금고형을 받았으나, 영국 의회의 '보수 대 자유' 양당 대립을 교묘하게 이용해서 자치법안의 수립을 위해 애썼다. 그러나 1890년, 자치법안이 수립되기 직전에 친구 윌리엄 오셔(William O'Shea)의 부인과 간통을 했다는 혐의로 신임을 잃게 되어 자치파의 분열을 낳았고, 그 이듬해에 이혼한 오셔 부인과 결혼함으로써 그의 정치적 생명 역시 끝나고 말았다.

2. "위대한 희극인"은 아일랜드 민족주의자로서 가톨릭의 해방을 위해 헌신하고 아일랜드 합병에 저항한 '비폭력주의자'(희극인) 오코넬(Daniel O'Connell, 1775~1847)을 가리킨다. '위대한 비극인'이라고 할 수 있는 파넬은 오코넬이 1832년에 더블린 근교에 설립한 글래스네빈(Glasnevin) 공동묘지에 묻혔다.

3. 파넬의 시신이 땅에 묻힐 때 하늘에서 별 하나가 떨어졌다고 전해진다.

4. "드 발레라(Eamon de Valera, 1882~1975)"는 아일랜드의 정치지도자로, 아일랜드 정부에서 수년간 매우 유력한 인물이었다.

5. "코스그라브(William Thomas Cosgrave, 1880~1965)"는 아일랜드의 정치지도자로서 아일랜드자유국(Irish Free State, 1922~1937 : Republic of Ireland의 옛 이름)에서 오랫동안 큰 역할을 한 거물이었다.

6. 케빈 오히긴즈(Kevin O'Higgins, 1892~1927)는 신생 아일랜드 공화국의 부통령이자 법무장관을 지낸 인물로, 암살되었다. 오히긴즈는 자객들 앞에서도 의연하게 "너희를 용서한다"라는 말을 남겼다고 한다.

7. "오더피(Owen O'Duffy, 1892~1944)"는 아일랜드 공화국 군대와 아일랜드자유국 군대의 참모총장을 지낸 인물이다.

8. 아일랜드 더블린 출신의 "스위프트(Jonathan Swift, 1667~1745)"는 영국 국교회 목사로, 더블린 세인트패트릭 성당의 사제장이었다.

한 혼령에게[1]

To a Shade

가냘픈 혼령, 당신이 마을을 다시 찾아,

당신의 기념비를 구경했는지

(제작자는 보수나 받았는지 모르겠소)

아니면 날이 저물어 사람 대신 잿빛 갈매기들이

훨훨 날아다니고 쓸쓸한 집들이

허세를 부리는 시간에 바다의 짠 내를 들이마시며

아주 행복한 생각에 잠겼는지 모르지만,

그것으로 만족하고 다시 돌아가시오,

그들은 아직 옛날의 환각에 빠져 있나니.

                    당신처럼

열정적으로 헌신했던 한 사내[2]도 두 손 가득

선물을 가져와서, 그들의 손자 손녀들에게

한결 고결한 생각, 한결 달콤한 정서를 심어 주어,

그들의 혈관에서 따뜻한 피처럼 흐르게 했거늘,

그들은 알아주기는커녕 그를 마을에서 쫓아내서,

그의 노고를 하염없이 모독하고,

그의 너그러운 마음에 치욕만 안겼나니,

하나같이 칙칙하고 역한 입이 당신을 비방했듯 그 사

내를

떼거리로 물어뜯었나니.

　　　　　　가시오, 불안한 방랑자여,

글래스네빈³을 이불 삼아 당신의 머리를

감싸 덮으시오, 흙이 당신의 귀를 막을 때까지,

당신이 마을 모퉁이에서 저 짠 내를 맛보며

파도 소리를 들어도 좋을 시간은 아직 멀었으니.

당신도 죽기 전에 슬픔을 충분히 맛보았잖소 —

어서, 가시오! 무덤 속에 있는 게 더 안전할 테니.

　　　(*1913년 9월 29일*)

1　파넬을 말한다.

2　휴 레인 경(Sir Hugh Percy Lane, 1875~1915)을 가리킨다. 그가 오랫동
안 수집한 미술품들을 더블린시에 기증했는데, 정작 더블린 시민들(가
톨릭 중산층)이 기증한 작품들을 보관할 미술관을 건립하는 일에 매우
미온적인 태도를 보였다. 「1913년 9월」의 첫 연도 더블린 시민들의 그런
태도에 대한 예이츠의 한 비판으로 읽힌다. 「시립 미술관 재방문」이라
는 시와도 연계해서 읽어 보면 좋겠다.

3　글래스네빈 공동묘지는 1832년에 다니엘 오코넬이 종교인들을 위해 설
립했으나 현재는 일반인의 시신도 다수 안치되어 있으며, 파넬, 오도노
반 로사(O'Donovan Rossa), 미카엘 콜린스(Michael Collins) 같은 인사들
이 안치되어 있다.

죽음[1]
Death

죽어가는 동물에게는

두려움도 없고 희망도 없다.

사람만이 온갖 두려움과

희망 속에서 끝을 기다린다.

사람은 여러 번 죽었고,

여러 번 다시 일어났다.

한창때의 한 위인이

살인을 일삼는 자들에 맞서

목숨의 폐기에

조소를 던진다.

그는 죽음을 뼛속까지 알고 있다 —

사람이 죽음을 창조하였다.

---

1   예이츠가 오히긴즈의 사망 소식을 접하고 지은 시로, 늘 암살위협 속에
서 살았던("그는 죽음을 뼛속까지 알고 있다") 오히긴즈가 암살자들과
대치하고 있는 장면을 극적으로 표현한 작품이다.

1916년 부활절[1]

Easter, 1916

날이 저물 무렵이면

잿빛 18세기 건물들 속의

판매대나 책상을 떠나 활기찬 얼굴로

다가오는 그들을 만나곤 했다.

나는 고개를 한 번 끄덕하거나

무의미한 인사말을 건네고 지나치거나,

아니면 잠시 우물쭈물하다가

무의미한 인사말을 건네고 나서,

내가 예전에 술집의

난롯가에 둘러앉은 벗들을

즐겁게 해주려고 늘어 놓았던

남 얘기나 험담을 떠올리며,

그들과 나는 얼룩덜룩 광대 옷이

입혀지는 데서 살았을 뿐이라고 확신했는데 :

다 변했다, 완전히 변해 버렸다 :

무서운 미인이 태어났다.

그 여자[2]의 낮들은

무지한 선의에 쓰였고,

그녀의 밤들은 논쟁에 빠져서

그녀의 목소리가 새될 지경이었다.

젊고 아름다운, 그녀가

말을 타고 사냥개를 쫓았다면,

어떤 소리가 그녀의 목소리보다 달콤했으랴?

이 사내[3]는 학교를 운영하며

우리의 날개 달린 말을 몰았고,

이 다른 사내[4]가 그의 도우미이자 친구로서

그의 군대에 들어오게 되었는데,

천성이 아주 예민해 보이고,

사고도 아주 담차고 신선해서,

훗날 명성을 얻을 만한 인물이었다.

또 다른 이 사내[5]를 나는 주정뱅이에,

허풍쟁이 촌뜨기인 줄만 알았었다.

그가 거의 나의 가슴 같은 사람에게

아주 몹쓸 짓을 저질렀으나,

나는 그를 이 노래에 넣어둔다.

그 사람, 역시, 평소의

희극인 역할을 그만두었다.

그 사람, 역시, 이번에는 변했다,

완전히 변신하였다 :

무서운 미인이 태어났다.

한 목적을 품은 가슴들은
여름부터 겨울까지 내내
한 바위에 홀려있는 양
살아 있는 냇물을 교란한다.
길에서 다가오는 말,
기수, 구름에서 뒹구는 구름으로
줄지어 날아가는 새들,
시시각각 그것들은 변한다.
냇물에 비친 구름의 그림자도
시시각각 변한다.
말-굽이 물가에서 미끄러지면,
말은 그 물속에서 절벅거린다.
긴 다리의 쇠물닭-암컷들이 뛰어들면,
으레 암컷들이 쇠물닭-수컷들을 부른다.
시시각각 그것들은 산다 :
그 바위는 모두의 중심에 있을 따름이다.

너무 오랜 희생이
가슴을 돌로 만들어 버릴 수 있다.
아 언제 그 가슴이 만족할 수 있으랴?

그것은 하늘의 역할이요, 우리의 역할은

이름에 이름을 속삭이는 것이다,

사납게 뛰놀았던 팔다리에

잠이 마침내 찾아왔을 때

어머니가 자식의 이름을 부르듯이.

그것은 그저 땅거미 같은 것일까?

아니, 아니다, 밤이 아니라 죽음이다.

그것은 결국 불필요한 죽음이었을까?

지금 진행되고 언급되는 모든 것에 대해

영국이 신의를 지킬 수도 있기에.[6]

우리는 그들의 꿈을 알고, 그들이

꿈꾸다가 죽었다는 것을 너무나 잘 알고 있다.

그런데 만일 그들이 죽을 때까지

과도한 사랑이 그들을 현혹했다면?

나는 그런 의문을 시에 적어 놓는다 ―

맥도너와 맥브라이드

그리고 코널리[7]와 피어스는

지금과 다가올 시대에도,

초록 옷이 입혀진 곳이면 어디서든

변할 것이다, 완전히 변할 것이다 :

무서운 미인이 태어났다.

       (1916년 9월 25일)

1 1916년 4월 24일 부활절에 아일랜드 공화국 형제단(IRB : Irish Republic-an Brotherhood)이 무장 봉기하여 더블린 시내 한복판에 있는 중앙우체국을 점령하고 영국군에 저항했으나, 금시에 영국군에게 제압당해서 봉기를 주도한 15명의 인사가 처형되었다. 이 시에는 이 부활절 무장봉기에 대한 예이츠의 반성과 비판이 담겨 있다.

2 콘스탄스 마르키에비츠(Constance Markievicz, 1868~1927)를 가리킨다. 결혼 전의 이름은 에바 고어부스(Eva Gore-Booth)였으며, 아일랜드의 독립에 헌신하다가 영국 정부에 체포되어 사형을 당했다.

3 패트릭 피어스(Patrick Pearse, 1879~1916)를 가리킨다. 더블린에서 사립학교를 운영하며 아일랜드 모국어(Gaelic)의 부활에 힘썼고, 더블린 부활절 봉기에서 무장봉기 단체의 대장 역할을 하다가, 항복 후에 처형되었다.

4 토머스 맥도너(Thomas MacDonagh, 1876~1916)를 말한다. 그는 더블린 유니버시티칼리지에서 영어를 가르치며 희곡 작품을 써서 애비극장에 올리기도 하였다.

5 존 맥브라이드(John MacBride) 소령을 가리킨다. 그는 "거의 나의 가슴 같은 사람"으로 표현되는 모드 곤의 남편으로, 술에 취하면 곤을 때리기까지 했다고 하며, 두 사람은 결혼한 지 2년 만인 1905년에 이혼하였다. 맥브라이드 역시 부활절 봉기에 참여한 혐의로 처형되었다.

6 1913년에 영국 의회에서 통과된 아일랜드 「자치법(Home Rule Bill)」을 상기시키는 표현이다. 영국은 1914년에 이 법의 유보를 결정했는데, 이 결정이 더블린 봉기와 같은 끔찍한 비극을 초래했다고 보면, 이 대목에서 엿보이는 예이츠의 '지나친 낙관론'에 대한 비판이 있을 수 있겠다.

7 제임스 코널리(James Connolly, 1870~1916)를 말한다. 그는 부활절 봉기에서 사령관 역할을 한 혐의로 처형되었다.

장미 나무
The Rose Tree

"아 말이야 가볍게 나올 수 있지,"
피어스가 코널리에게 말했다,
"어쩌면 정치적인 말 한마디에
우리 장미 나무가 시들었는지도 모르지,
아니면 모진 바다를 가로질러 불어오는
한 줄기 바람 때문이든가."

"그저 물만 주면 되는 것을,"
제임스 코널리가 대꾸했다,
"다시 녹색 잎을 틔워내고
사방으로 퍼져나가,
봉오리에서 피어난 꽃을 흔들며
정원의 자랑거리가 되련만."

"그런데 물은 어디에서 긷지,"
피어스가 코널리에게 물었다,
"우물들이 다 말라 버렸는데?
아 분명하고 분명하게도

건강한 장미 나무 한 그루 키울 만한 게
우리 자신의 붉은 피밖에 없군."

민중의 지도자들

The Leaders of the Crowd

그들은 자신들의 확신을 고수하고자

다른 모든 것을 야비한 의도라고 매도한다,

확립된 명예를 허물어뜨리고, 그들의 허술한 공상이

지어내는 것을 새 소식인 양 퍼뜨리고 다니며

숨죽인 채 속삭인다, 마치

그 넘치는 시궁창이 헬리콘산[1]이었던 양,

비방이 노래인 양. 그들이 어떻게 알 수 있으랴

학생의 등불이 내내 빛난 데서 진리가 번성하고,

거기서만, 진리가 고독하지 않다는 것을?

그래서 군중이 모이면 그들은 뒷일을 걱정하지 않는다.

그들에게는 요란한 음악, 매일 새로워지는 희망과

더욱 열렬한 사랑들, 무덤에서 비추는 등불이 있으니.

---

1 "헬리콘산(Helicon)"은 아폴로 신(Apollo)과 시신들(Muses)이 살았다는
그리스 남부의 산으로, 시상 또는 시적 영감의 원천으로 통한다.

시립 미술관 재방문[1]

The Municipal Gallery Revisited

1

나를 에워싸는 서른 해 묵은 화상畵像들 :

매복 공격, 물가의 순례자들.

감시받으며, 빗장에 살짝 가려진 채, 심문받는

케이스먼트,[2] 히스테리컬한 오만함에 차서 응시하는 그리피스,[3]

후회할 수도 쉴 수도 없는 영혼을

숨기지 못한 채 다정히 묻는 듯한 눈길을

머금고 있는 케빈 오히긴즈의 표정,

무릎을 꿇고 축도 받는 한 혁명군 병사,

존 레버리, 〈대 반역죄, 형사소송 법정 – 로저 케이스먼트 공판〉, 1922
휴 레인 미술관 소장

2

한 손 쳐들고 삼색기[4]를 축도하는 수도원장
혹은 대주교. "이것이 바로," 나는 말한다,
내 청춘의 죽은 아일랜드가 아니라, 시인들이
상상해 온, 무섭도록 즐거운 아일랜드지."
나는 베네치아풍의 아름답고 고상한
한 여인의 초상화 앞에서 돌연 멈춘다.
거의 오십 년 전에 어느 화실에서
한 이십 분간 그녀[5]를 만났다.

존 레버리, 〈삼색기 축도〉, 1922
휴 레인 미술관 소장

안토니오 만치니, 〈그레고리 부인의 초상〉, 1906
휴 레인 미술관 소장

3

감격에 가슴이 미어져서 나는 주저앉는다.
두 눈을 감으니 가슴이 기운을 차린다.
어디를 보아도 내 눈에 들어오는 건
나의 영원한 혹은 덧없는 형상들뿐 :
오거스타 그레고리의 아들, 그녀의 조카,
휴 레인, 이 모든 작품의 "유일한 창시자."
헤이즐 래버리의 활기찬 모습과 죽어가는 모습,[6]
어느 민요 가수가 노래로 다 들려준 듯한 옛이야기.

4

만치니의 오거스타 그레고리 초상화,[7]
존 싱[8]에 따르면, "렘브란트 이후의 최고작,"
정말 아주 기운찬 초상화지만,
저 긍지와 저 겸양을 모두 남김없이
드러낼 수 있는 붓이 어디 있으랴?
그래서 나는 절망한다, 시간이 지나면 공인된
양식의 여자 상 혹은 남자 상이 나오겠지만
다시는 저런 탁월미를 연출하지 못할 테니.

5

나의 중고 무릎도 건강치 못해서 구부정하지만,
저 여인에게도, 또 아주 오랫동안 영광을
누려 온 저 가문에도 부족한 게 참 많았다.
자식이 없을 때는, "내 자녀가 여기서 뿌리 깊은
전통을 찾았으면" 했을 뿐, 끝을 예견하지 못했는데,
막상 결말에 이르고 보니 눈물조차 안 나왔다.[9]
오소리가 쓸어 놓은 굴을 여우가 더럽힐 순 없지 —

6

(스펜서[10]에서 유래해 일상화된 표현이지만).
존 싱, 나와 오거스타 그레고리, 우리 셋은
각자의 행동, 서로 말하고 노래하는 모든 것이
땅과의 접촉에서 비롯되어야 한다고 믿었고, 그런
접촉 덕에 매사가 안타이오스[11]처럼 굳건해졌다.
이 현대 시대에 우리 셋이 유독 매사를
다시 저 유일한 시금석, 귀족과 거지의
꿈에 비추어 이행한 것이었다.

7

여기에는 존 싱, 저 뿌리 깊은 사내, "인간의

언어를 잊은," 참 진지하고 깊은 얼굴도 있다.

혹시 나를 심판하고 싶거든, 이 책 저 책으로만

판단하지 말고, 내 벗들의 초상화가 걸려 있는

이 신성한 장소에 찾아와서 그들을 바라보며,

벗들의 용모에 깃든 아일랜드 역사를 추적해 보라,

어디서 인간의 영광이 진정 시작되고 끝나는지 생각
해 보라,

그리고 내게는 그런 벗들이 있어 영광이었다고 전해
주기를.

1 아일랜드 더블린의 파넬 스퀘어(Parnell Square)에 위치한 세계 최초의 공립 근대 미술관. 1908년 미술품 수집가 휴 레인 경(그레고리 부인의 조카)에 의해 '시립 현대 미술관(The Municipal Gallery of Modern Art)'이라는 이름으로 설립되었다. 레인이 기부한 마네, 모네, 르누아르, 드가, 피카소 등의 작품들과 현대 아일랜드 화가들의 작품들이 소장되어 있으며, 지금의 명칭은 더블린 시립 휴 레인 미술관(Dublin City Gallery The Hugh Lane)이다.

2 로저 케이스먼트 경(Sir Roger Casement, 1864~1916)을 가리킨다. 그는 아일랜드의 독립운동가로, 1916년 부활절 봉기에 가담하여 반역을 저지른 죄로 처형되었다. 본문은 휴 레인 미술관에 소장된 존 래버리(Sir John Lavery, 1856~1941)의 그림 〈대 반역죄, 형사소송 법정 – 로저 케이스먼트 공판(High Treason, Court of Criminal Appeal : the Trial of Roger Casement)〉(1922)에서 피고인석에 앉아 있는 케이스먼트에 대한 묘사다.

3 아서 그리피스(Arthur Griffith, 1872~1922)는 아일랜드독립운동, 신페인운동을 주도한 인물로, 아일랜드자유국의 초대 대통령이었다.

4 아일랜드 국기는 초록색, 하얀색과 귤색으로 이루어진 삼색기로, 초록은 가톨릭교도를, 귤색은 프로테스탄트 교도를 나타내며, 하얀색은 이 둘의 결합과 우애를 의미한다. 본문은 휴 레인 미술관에 소장된 래버리의 그림 〈삼색기 축도(Blessing of the Colours)〉(1922)에 대한 묘사다.

5 오거스타 그레고리(Isabella Augusta Gregory, 1852~1932)를 가리킨다. 그녀 자신이 극작가로서, 애비극장의 설립과 아일랜드의 문예 부흥에 크게 공헌하였다.

6 "헤이즐 래버리(Hazel Lavery)"는 아일랜드 화가 존 래버리의 두 번째 아내.

7 안토니오 만치니(Antonio Mancini, 1852~1930)는 이탈리아의 화가로, 그레고리 부인의 초상화뿐 아니라 예이츠의 초상화도 그렸다.

8 "존 싱(John Millington Synge, 1871~1909)"은 아일랜드 토착민의 일상어, 생활과 전설에 바탕을 둔 작품들로 아일랜드 문예 부흥운동에 힘쓴 극작가.

9 그레고리 부인의 아들 로버트 그레고리(Robert Gregory, 1881~1918)가 영국 공군 장교로 제1차 세계대전에 참전했다가 1918년 1월 23일에 이탈리아 상공에서 전사하였다.

10 에드먼드 스펜서(Edmund Spenser, 1552?~1599)는 엘리자베스시대 영국의 주요 시인.

11 "안타이오스(Antaeus)"는 그리스신화에서 바다의 신 포세이돈(Poseidon)과 땅의 여신 가이아(Gaea) 사이에서 태어난 거인.

거지가 거지에게 소리쳤다

Beggar to Beggar Cried

"이제는 세상을 버리고 어디론가 가서
바다 공기나 쐬며 건강을 되찾을 때야,"
광분한 거지가 거지에게 소리쳤다,
"내 머리가 비기 전에 영혼이나 수행해야지."

"그리고 편안한 아내와 집도 얻어서
내 신발 속의 악마를 몸에서 떼버려야지,"
광분한 거지가 거지에게 소리쳤다,
"내 허벅지 사이에 있는 더 악한 악마도."

"나야 말쑥한 소녀와 결혼하고 싶지,
그런데 너무 말쑥할 필요는 없어 — 봐주지 뭐,"
광분한 거지가 거지에게 소리쳤다,
"여하튼 거울 속에 악마가 있을 테니까."

"걔가 너무 부자일 필요도 없어, 부자들은
부에 몰리니까 거지가 이에 물리듯이,"
광분한 거지가 거지에게 소리쳤다,

"그러면 재밌고 즐거운 얘기를 못 하니까."

"그 정도면 나도 안락하게 대접받으며,
정원의 밤 같은 평화에 젖어서 듣고 있겠지,"
광분한 거지가 거지에게 소리쳤다,
"바람에 실려 오는 흑기러기들의 아우성."

현실주의자들
The Realists

당신도 이해하기를 바란다!
용이 지키는 땅에서,
돌고래가 끄는 진주 마차를
타고 가는 바다-요정들의 그림들을
아내로 삼는 사내들의 책들이
뭘 할 수 있겠는가, 그저 용들과 함께
사라져 버린
희망을 깨워 사는 수밖에.

지명

An Appointment

정부가 꼴 보기 싫어서

부러진 나무뿌리를 집어 들어

그 오만하고, 제멋대로인 다람쥐가

좀 뛴다고 희희낙락하며 가던 길에 내던졌다.

그런데 그놈이, 마치 비웃는 듯이

나직이 낑낑대며, 다시 펄쩍 뛰어

단번에 다른 나무로 올라가 버렸다.

길든 의지도, 소심한 뇌도,

심하게 찌푸린 이맛살도

그렇게 사나운 이빨과 말끔한 팔다리를 길러서

나뭇가지에 올라가 비웃는 놈을 게워내지 않았을 터,

어떤 정부도 그런 놈을 지명하지 않았을 터.

쿨 호수의 야생 백조들[1]

The Wild Swans at Coole

나무들이 가을 정취에 젖어 있고,

숲속 오솔길은 메마르고,

시월 황혼이 내려앉은 호수는

고요한 하늘을 비추는데,

돌 틈으로 넘쳐나는 물 위에

떠 있는 백조 쉰아홉 마리.

내가 처음 수를 세어본 이래로

벌써 열아홉 번째 가을이다.

그때도 셈을 미처 끝내기 전에,

한꺼번에 느닷없이 날아올라

요란한 날갯짓으로

일그러진 큰 원을 그리며 흩어졌지.

줄곧 저 찬란한 생물들을 봐왔건만,

지금은 가슴이 아리다.

황혼 무렵, 처음으로 이 호숫가에서,

머리 위로 날아가는 저들의 나래종 소리

들었을 때는, 한결 가벼운 발걸음으로
걸었건만, 다 변해 버렸다.

그런데 여전히 지치지 않고, 연인끼리,
차갑지만, 친근한 물결 타고
철벅대거나 공중으로 솟구치는
저들의 가슴은 늙지도 않았나 보다,
정열 아니면 정복욕이, 어디서 방랑하든,
변함없이 저들을 따라다니리라.

지금은 저들이 잔잔한 물 위에
신비롭게, 아름답게 떠 있지만,
어느 날 내가 깨어나면 날아가고 없을 텐데,
어느 호숫가 아니면 연못가의
골풀 숲에 둥지를 틀고,
사람들의 눈을 즐겁게 해주려나?

---

1   아일랜드 문예 부흥을 이끈 그레고리 부인의 시골 사유지에 있는 공원
    으로, 그 근처에서 살았던 예이츠가 자주 방문했던 곳이다. 예이츠가 이
    호수를 1897년 가을(32세)에 처음 방문하고 "벌써 열아홉 번째 가을"이
    니, 1916년 가을(51세)인 셈이다.

한 아일랜드 조종사[1]가
죽음을 예견한다

An Irish Airman Foresees His Death

나도 저 하늘 구름 속 어딘가에서

나의 최후를 맞으리라는 것을 안다.

내가 싸우는 상대들을 미워하지 않으며

내가 지키는 이들을 사랑하지도 않는다.

나의 고향은 킬타탄 크로스,

나의 동향 사람들은 킬타탄의 가난뱅이들,

나의 죽음이 그들을 상심케 하거나

한결 행복하게 해줄 것 같지도 않다.

내가 참전한 것은 법이나 의무감,

공인이나 성난 군중의 명령이 아니라,

외롭지만 즐거운 어떤 충동이

이 구름 속의 야단법석으로 몰아넣었다.

모두 따져 보고, 모두 생각해 보니,

다가올 세월도 호흡의 낭비요,

지난 세월도 호흡의 낭비처럼 보여,

이 삶을 이 죽음으로 상쇄하는 것이다.

그레고리 부인의 아들(Major Robert Gregory)을 말한다. 그는 제1차 세계대전에서 영국 공군 장교로 참전했다가 1918년 이탈리아 상공에서 전사하였다. 본문의 킬타탄 크로스(Kiltartan Cross)는 그레고리 부인의 쿨 호수 근처에 있는 지명이다.

낚시꾼

The Fisherman

아직도 그 사람이 보인다.

플라이 낚시를 하려고 새벽녘에

잿빛 코네마라[1] 옷차림으로

작은 산의 한 잿빛 낚시터로 떠나는

기미투성이의 사내,

오래전부터 나는

이 슬기롭고 소박한 사내를

눈앞에 떠올리기 시작했다.

온종일 그 얼굴을 들여다보며

내가 바랐던 것은

나의 민족과 현실을 위해

글을 쓰는 것이었다,

내가 미워하는 산 사람들,

내가 사랑했던 죽은 사람,

자리에 연연하는 겁쟁이,

비난받지 않는 무뢰배,

그리고 벌을 받기는커녕

주정뱅이의 갈채를 받고 사는 건달,

재치 있는 사람과 아주 평범한

귀를 겨냥한 그의 농담,

어릿광대의 유행어들이나

외쳐대는 영리한 사람,

깎아내리는 유식한 사람과

두들겨 맞는 위대한 예술.

열두 달쯤 지났을 때부터

갑자기 나는,

이런 청중들을 경멸하며,

한 남자와,

볕에 그을려서 기미가 낀 그의 얼굴과,

잿빛 코네마라 옷차림,

바위가 거품 밑으로 거뭇하게 비치는

한 장소로 올라가는 모습과,

손목을 젖혀서 냇물에 플라이를

드리우는 장면을 상상하기 시작했다.

존재하지 않는 한 사내,

그저 꿈에 지나지 않는 한 사내.

그리고 외쳤다, "내가 늙기 전에

그에게 새벽처럼

차갑고 열정적인 시

한 편 지어줘야겠다."

---

1   "코네마라(Connemara)"는 아일랜드 서해안 골웨이주의 불모지로, 대부
    분이 이탄 지대이며 호수와 늪이 많다.

185

사람들
The People

"그 모든 일의 대가로 내가 뭘 얻었소," 내가 말했다,

"내가 책임지고 해온 모든 일의 대가로 말이오?

이 예의 없는 도시[1]에서는 일상화된 악의에,

가장 많이 헌신한 사람이 가장 많이 비난받아,

평생 쌓은 명성이 밤과 아침 사이에

사라져버리지. 나에게도 살고 싶은 삶이 있었소,

그 갈망이 얼마나 컸는지 당신은 잘 알 거요,

그래서 매일 나의 발걸음이 페라라[2] 성벽의

푸릇한 그늘에서 멈추거나,

아니면 과거의 성상들 — 평온하고 고상한

성상들 — 에 둘러싸여 저녁과 아침에

우르비노[3]의 가파른 거리를 따라

공작부인과 그녀의 식솔들이 밤새워

품위 있는 이야기를 나누다가 커다란 창문 안쪽에 서서

여명을 바라보던 데까지 올라가는 상상을 했으니까.

여명에 노랗게 물드는 심지들을 보았던

그 사람들처럼 나도 예의와 열정을 섞어서 하나로

만들지 못하는 친구를 사귀지 않았더라면,

나의 직업이 허용하는 유일하게 견고한 권리를

활용했으련만 : 그래서 나의 동무를 선택하고,

나를 가장 즐겁게 해주었던 배경을 골랐으련만."

그 말에 나의 불사조[4]가 나무라듯 대꾸했다,

"술고래들, 공금을 야금야금 훔쳐내는 자들,

온갖 부정직한 무리를 내가 다 쫓아버렸는데,

나의 운이 바뀌니까 다들 감히 내 얼굴을 쳐다보고,

어두운 데서 기어 나와, 나를 공격하더군요

내가 대접했던 사람들과 먹여 살린 사람들까지요.

그렇지만 결코 나는, 지금이든 어느 때든,

사람들을 원망하지 않았어요."

내가 대답할 수 있는 말은

이것뿐이었다 : "당신은, 생각이 아니라 행동으로 살

아왔기에,

어떤 자연의 힘처럼 순수한 마음을 지닐 수 있겠지,

하지만 나는, 분석적인 정신으로

정의하는 것이 장기인지라, 마음의 눈을

감을 수도 없고 말하려는 나의 혀를 막을 수도 없소."

그래도, 그녀의 말에 나의 가슴이 뛰었기 때문에,

내심 부끄러웠는데, 9년이 지난 지금

그 말들이 떠올라서, 나는 부끄러워 고개를 숙인다.

1 "이 예의 없는 도시"는 더블린과 더블린 사람들을 가리킨다. 1907년 1월 26일에 애비 극장에 첫선을 보인 존 싱의 풍자희극 〈서쪽 세상의 한량 (The Playboy of the Western World)〉이 상연 도중에 관객들의 폭동에 휘말린 사건과 모드 곤의 처사(1905년의 이혼소송)에 야유를 보낸 관객들에 대한 비판이 담겨 있다.

2 "페라라(Ferrara)"는 이탈리아 북부 포강(Po) 어귀에 있는 도시로, 아리오스토(Ariosto), 페트라르카(Petrarch), 타소(Tasso) 같은 문인들의 후원자로 유명한 페라라 공작의 영지.

3 "우르비노(Urbino)"는 해발 1,480m 고지에 건설된 이탈리아의 도시로, 라파엘(Raphael, or Raffaello Santi, 1483~1520)이 여기에서 태어났다.

4 "나의 불사조"는 모드 곤을 가리킨다.

전쟁 시를 청탁받고서

On Being Asked for a War Poem

이런 시대에는 시인이 입을 다무는 게
차라리 나을 성싶소, 사실 우리에게는
정치인을 바로잡을 재능이 없기에.
청춘의 나태에 젖어 있는 어린 소녀,
아니면 어느 겨울밤의 늙은이를
기쁘게 해줄 만한 잔소리는 충분히 했으니.

집에 들어가며 올리는 기도[1]

A Prayer on Gong into My House

신이시여, 이 탑과 오두막에 그리고 저의 상속인들에게

은총을 베푸시어, 갈릴리의 목동들에게도

어울릴 만큼 소박한 탁자나 의자나 발판이,

모두 훼손되지 않고 남아 있게 하소서. 그리고

저 자신이 연중 얼마간은 위대하고 열정적인

사람들이 수백 년의 숱한 변화를 겪으면서

내내 사용해왔기에 우리가 모범으로

삼는 것들을 빼고는 어떤 것도 손대지 않고

그 무엇도 보지 않게 하소서. 그래도 제가 혹시

뱃사람 신밧드가 신기한 채색 궤짝이나 성상을

자석산 너머에서 가져오는 꿈을 꾸게 되거든,

그 꿈도 모범으로 삼게 하시고, 웬 악마의 손발이

길에 그림자를 드리우는 물푸레나무를 잘라 쓰러뜨려서

조망을 망치려 한다거나, 관공서의 계획에 따라

어떤 집을 지어서 나무의 수명을 단축하려 들거든,

그자의 영혼을 홍해 밑바닥에 꼭 묶어 버리소서.

1 "집"은 15~16세기에 군사적 목적으로 세워진 아일랜드 서부 골웨이에 있는 발릴리 캐슬(Ballylee Castle)을 가리킨다. 1917년 초에 예이츠가 아일랜드 정부로부터 35파운드에 매입해서 대대적으로 수리한 후에, '발릴리 캐슬'을 '투르 발릴리(Thoor Ballylee, 발릴리 탑)'로 개명하고, 한동안 여름 별장으로 이용하였다. 투르 발릴리는 예이츠의 여러 시(특히, 후기 작품들)에서 반복적으로 등장하는 그의 집이자 거대한 상징 중 하나다.

고양이와 달

The Cat and the Moon

고양이가 왔다 갔다 하고
달이 팽이처럼 빙빙 돌자,
달의 제일 가까운 친척
엉금이 고양이가 쳐다보았다.
검은 미나로시가 달을 응시했다,
하늘의 맑고 차가운 빛이
그의 동물 피를 어지럽혀서,
그는 돌아다니며 울부짖고 싶었다.
미나로시가 풀밭에서 뛰며
예민한 두 발을 들썩거린다.
춤추니, 미나로시, 춤추니?
가까운 두 친척이 만났는데,
춤이라도 춰야 하지 않겠니?
달이, 궁정 풍의 춤에 물린 참에,
새로운 춤 동작을
배우고 싶은 모양이다.
미나로시가 달빛 어린 풀밭을
이리저리 기어 다닌다,

성스러운 달이 그 위에서 어느새

새로운 위상을 취했다.

미나로시는 알까, 그의 동공들도

변화에 변화를 거듭해서,

만월에서 초승달로, 초승달에서

만월로 계속 바뀌리라는 것을?

미나로시가 풀밭을 헤치고 홀로,

거만하게 으스대며 기어가다가,

변하는 달을 향해

그의 변하는 두 눈을 쳐든다.

마이클 로바티즈와 무용수[1]

Michael Robartes and the Dancer

그. 견해 따위는 일고의 가치도 없소.

이 제단-화에서 긴 창을 부여잡고

흐릿한 빛 사이로 보이는 저 용을

세게 찌르려고 하는 기사가

숙녀를 사랑했소. 그런데 틀림없이

그녀의 마음은 거의-죽은 용에게 있었을 거요,

아침마다 다시 살아나서

발톱으로 찌르고 악악대며 싸웠을 테니까.

불가능한 일이 실현되기를 바라며

자기 연인을 생각하던 그녀가

잠시 눈을 돌려, 거울을 보는 순간

불현듯 깨달았겠지.

그녀. 둘이 다퉜다는 말이네요.

그.   그렇다고 칩시다.

다만 당신의 연인이 받는 보상은 당신의 거울이

보여줄 수 있는 것뿐이라는 사실을 명심하시오,

조금이라도 거기에 그려져 있지 않은 것이 보이면

발끈해서 파랗게 질려 버릴 테니까.

그녀. 나도 대학에 다니면 어떨까요?

그. 가서 아테네의 머리칼이나 뽑아버리시오.

대체 책 따위가 그 고동치는 가슴,

그 튼실한 허벅지, 그 꿈꾸는 눈에 걸맞게,

열렬하면서도 진지한

무슨 지식을 줄 수 있다는 말이오?

그러니 나머지나 염병하라고들 하시오.

그녀. 그럼 아름다운 여자는 남자처럼 박식해서는

안 된다는 거예요?

그.   파올로 베로네세[2]와

그의 성스러운 동료 화가들이 모두

당신이 그토록 사랑해 마지않는 석호 부근에서

평생 몸을 상상하며,

모두가 다가와서 보고 만질 수밖에 없는

당당하고, 부드럽고, 품격 있는 증거를 찾으려 했소.

하물며 미켈란젤로의 시스티나 성당 천장 벽화,[3]

그의 '아침'과 그의 '밤'도

아주 팽팽하게 당겨진 힘줄을 드러내지,

물론 누운 자세에서는 느슨해질 수 있어서,

초자연적인 정의로 통제할 수도 있겠지만

힘줄은 힘줄일 뿐이지.

그녀.   제가 들은 바로는

몸속에 큰 위험이 도사리고 있다더군요.

그. 신께서 포도주와 빵을 나눠주면서 사람에게

그분의 생각을 줬답디까, 그분의 단순한 몸을

줬답디까?

그녀. 나의 가엾은 용이 당혹스럽다고 그러네요.

그. 내 말이 옳다는 걸 증명하는 이론들이 있소.

이 라틴어 원전에 따르면

축복받은 영혼들은 혼합물이 아니므로,

모든 아름다운 여자들이

혼합되지 않은 행복 속에서 살면서,

우리도 그런 삶으로 이끈다는군 ― 만일 그들이

모든 생각을 다 떨어 버린다면, 그들의

눈을 기쁘게 하는 아름다운 외모가

긴 거울에 가득 들어찼을 때,

발바닥부터 그렇다고 생각하지 않는다면 말이오.

그녀. 학교에서는 정반대로 가르치더군요.

1   "마이클 로바티즈"는 실제 인물이라기보다 예이츠가 창조한 인물이다.

2   "베로네세(Paolo Veronese, 본명은 Paolo Cagliari, 1528~1588)"는 이탈리
    아의 화가.

3   "미켈란젤로(Michelangelo di Lodovico Buonarroti Simoni, 1475~1564)"
    는 이탈리아의 전성기 르네상스를 대표하는 화가, 조각가이자 건축가.
    "시스티나 성당 천장 벽화"는, 성서의 순서와 반대로, 입구부터 노아에
    관한 3가지 이야기, 아담과 이브의 원죄와 낙원 추방, 이브의 창조, 아담
    의 창조, 하늘과 물의 분리, 달과 해의 창조, 빛과 어둠의 창조 이야기로
    이루어져 있으며, 단계별로 다양한 나체상이 그려져 있다.

재림[1]

The Second Coming

점점 넓게 소용돌이치며 돌고 도는

매는 매부리의 소리를 듣지 못한다.

만사가 산산이 조각나면, 중심이 지탱하지 못하고,

순전한 무질서가 세상에 풀려난다.

핏빛의 흐릿한 물결이 풀려나, 곳곳에서

순수의 의식儀式이 익사한다.

최선인들은 모든 신념을 잃고, 최악인들이

강렬한 격정으로 가득 찬다.

필시 어떤 계시가 임박한 것이다.

필시 재림이 임박한 것이다.

재림! 이 말을 뱉어내기가 무섭게

한 거대형상이 세계령[2]에서 생겨나

나의 눈을 어지럽힌다. 사막 모래밭 어딘가에서

사자 몸통에 사람의 머리, 태양처럼

무표정하고 무자비한 눈빛의 한 형체가

둔감한 허벅지를 움직이고, 성난 사막 새들의

그림자들이 그 몸통을 휘휘 어지럽게 맴돈다.

다시 암흑이 내린다. 그런데 이제야 흔들리는

한 요람[3] 때문에 돌처럼 잠든 스무 세기가

괴로운 악몽에 시달리게 되었음을 알았거늘,

또 어떤 험악한 짐승이, 마침내 때가 되어,

태어나려고 베들레헴[4] 향하여 몸을 굽히는가?

---

1   1919년 1월에 쓴 시로, 이 작품에는 제1차 세계대전(1914~1918), 그리고
     아일랜드에서 일어난 민중 반란(1919~1921)을 진압하기 위해 파견된
     영국군(검은색과 카키색의 제복 차림이라서 'Black and Tan'이라고 불렸
     다)을 바라보는 예이츠의 시각과 태도가 담겨 있다. 이 시의 제목 「재림」
     은 예수의 재림에 대한 예언(『신약성서』 「마태복음」 24장 29~30절. "이
     런 고통의 기간이 지나면 곧 태양은 어두워지고 달은 빛을 내지 못하며
     별들은 하늘에서 떨어지고 하늘의 천체마저도 흔들릴 것이다. 그러면
     드디어 인자가 온다는 징조가 하늘에 나타날 것이고 땅에서는 사방에
     서 사람들이 가슴을 치며 통곡할 것이다. 그때 이 세상의 모든 민족은 인
     자가 하늘에서 구름을 타고 권능과 큰 영광으로 오는 것을 보게 될 것이
     다"), 그리고 그리스도의 적이 나타날 것이라는 요한의 비전(『신약성서』
     「요한일서」 2장 18절. "사랑하는 자녀들이여, 이 세상의 마지막 시간이
     가까워지고 있습니다. 여러분이 이미 들어서 알고 있듯이 그리스도를
     대적하는 많은 적그리스도가 나타났습니다. 이것만 보아도 세상 종말이
     가까웠다는 것이 확실합니다")을 융합한 것으로 알려져 있다. 이상, 성
     서의 내용은 『현대어 성경』(성서교재간행사, 1991)에서 인용하였다.
2   "세계령(Spiritus Mundi)"은 일종의 성스러운 영감, 또는 집단무의식을
     가리킨다.
3   아기 예수의 요람을 말한다.
4   "베들레헴"은 예수 그리스도가 태어난 곳이지만, 여기서는 적그리스도
     (Antichrist)가 태어날 곳으로 그려진다.

내 딸을 위한 기도[1]
A Prayer for My Daughter

또다시 폭풍이 울부짖고 있는데,

이 요람-보 침대 덮개 아래 반쯤 숨어

내 아이가 자고 있다. 대서양에서 생겨나,

건초가리-지붕을 뒤엎는 바람이,

그레고리 숲과 한 민둥산을 지나다가

잠시 머무를 뿐, 방해물은 없다.

그래서 한 시간가량 나는 거닐며 기도했다

내 마음에 서린 커다란 우수 때문에.

한 시간가량 거닐며 이 어린 딸을 위해 기도하다가,

바닷바람이 탑 위에서, 다리의 아치 밑에서

비명 치는 소리, 넘치는 강물 위의

느릅나무 숲에서 비명 치는 소리를 들으며,

들뜬 몽상에 젖어, 미래의 긴 세월이

광란의 북장단에 춤추며, 바다의

잔혹한 순수에서 빠져나오는 모습을 상상하였다.

부디 딸에게 아름다움을 허락하되

낯선 사람의 눈도, 거울 앞의 자기 눈도
괴롭히지 않을 만큼의 아름다움을 주기를,
지나치게 아름답게 자란 미인은
아름다움을 자족한 목적으로 여겨,
타고난 상냥함을 잃고 가슴을 터놓고
바른길을 택하는 친밀감마저
잃고서, 벗 한 명 못 사귈 수 있으니.

선택받은 헬렌은 따분하고 지루하게 살다가
훗날 한 바보로 인해 많은 곤란을 겪었고,[2]
물거품에서 솟아난 저 위대한 여왕도
아버지가 없어서 자기 뜻대로 살더니
밭장다리 대장장이를 남편 삼고 말았다.[3]
필시 고운 여인들이 최고의 샐러드에
자신의 살코기를 버무려 먹는 탓에
풍요의 뿔[4]이 망가지는 것이리라.

우선 내 딸이 예절부터 익혔으면 좋겠다.
가슴은 선물처럼 받은 게 아니다. 가슴이란
딱히 아름답지 않은 이들이 애써 얻는 대가.
하지만 아름다움 자체를 위해 바보 역을
해온 많은 이들이 매력에 슬기를 더한 덕에,

배회하고, 사랑하고 또 사랑받았다 싶은
숱하게 가엾은 사내들이 저마다
반가운 상냥함에서 눈을 못 떼는 것이리라.

또 내 딸이 울창하되 숨겨진 나무처럼 자라
아이의 온갖 생각들이 홍방울새의 노래처럼,
저마다 고결한 음성을 담아서
아낌없이 나누어 줄 뿐,
즐겁지 않으면 쫓지 않고,
즐겁지 않으면 다투지 않기를 바란다.
아, 내 딸이 어느 녹색 월계수처럼
귀하고 영원한 한 자리에 뿌리내려 살기를.

나의 마음이야, 내가 줄곧 사랑했던 마음들,
나의 마음이 찬동했던 미美의 성격 때문에,
거의 못 자라다가, 최근에 말라 버렸지만,
그래도 미움으로 숨 막히는 일이
온갖 악운 중 으뜸임을 잘 알고 있다.
마음속에 아무런 미움이 없다면
바람이 아무리 강습하고 난타해도
이파리에서 홍방울새를 떼어내지 못하리라.

어떤 지적인 증오가 가장 나쁘니만큼,
내 딸이 사건들을 저줏거리로 생각하기를.
풍요의 뿔, 바로 그 입에서 태어난
아주 사랑스러운 여인이, 독선적인
자기 마음 때문에, 그 뿔에다 고요한 천성들로
통하는 온갖 선善까지 얹어주고
대신 성난 바람 가득한 낡은 풀무를
받아 챙기는 장면을 나도 보지 않았던가?[5]

모든 미움을 몰아내고 나서야, 영혼이
본연의 순수를 회복해서, 스스로 기뻐하고
스스로 달래고 스스로 두려워하는 것이 순수요,
스스로 즐거운 의지가 곧 하늘의 의지임을
마침내 배우게 된다는 점을 깊이 새겨서,
모든 얼굴이 눈살을 찌푸리고
바람 찬 사방팔방이 으르렁대고, 온갖 풀무가
터지는 와중에도, 내 딸은 고요히 행복하기를.

그리고 만사가 습관으로 굳어져서, 예절 바른
집안의 신랑감이 내 딸을 데려가기를,
오만과 증오란 한길에서
팔리는 하찮은 물건 같은 것이기에.

관습으로 의식으로 굳어지지 않고서

어찌 순수와 아름다움이 태어나랴?

의식이 풍요의 뿔을 대신하는 이름이고,

관습은 널리 퍼지는 월계수나 다름없으니.

---

1   "내 딸"은 1919년 2월 26일에 태어난 예이츠의 딸 앤 버틀러 예이츠(Ann Butler Yeats, 1919~2001)를 가리킨다.

2   "헬렌"은 트로이의 왕자 파리스 때문에 남편 메넬라오스를 저버렸고, 그로 인하여 트로이전쟁이 발발하였다.

3   사랑의 여신 아프로디테(Aphrodite or Venus)는 바다의 거품에서 태어나, 신들의 대장장이 헤파이스토스(Hephaestus, or Vulcan)와 결혼하였다.

4   "풍요의 뿔(horn of plenty, cornucopia)"은 어린 제우스(Zeus)에게 젖을 먹였다는 염소의 뿔로, 뿔 속에 언제나 과일과 곡물 등이 가득 담긴 모습으로 표현되며, 풍요의 상징이다.

5   모드 곤이 예이츠 자신의 기대를 저버리고 맥브라이드 소령과 결혼한 사실을 연상시키는 표현이다.

비잔티움으로 항해[1]

Sailing to Byzantium

저건[2] 노인들을 위한 나라가 아니다. 서로
끌어안고 있는 젊은이들, 나무숲 새들
— 저 죽어가는 세대들 — 의 노랫소리,
연어 폭포, 고등어-우글거리는 바다,
물고기, 짐승, 아니면 날짐승들이 여름내
뭐든 배고, 낳고, 죽는 만상을 찬미한다.
저 관능적인 음악에 빠져 하나같이
늙지 않는 지성의 기념비들을 무시한다.

늙은이는 한낱 보잘것없는 물건,
작대기에 걸쳐있는 누더기일 뿐이다,
영혼이 손뼉 치며 노래하지 않는다면, 필멸의
옷이 갈가리 찢겼어도 더 크게 노래하지 않는다면,
또 자기 영혼의 장엄한 기념비들을
공부할 뿐 마음껏 노래 부를 학교가 없다면.
그래서 나는 바다를 항해하여
성스러운 도시 비잔티움으로 왔다.

마치 한 벽의 황금 모자이크에 새겨진 듯이,[3]
신의 거룩한 불길에 서 있는 오 현인들이여,
그 거룩한 불길에서 소용돌이치며 돌아 나와,[4]
내 영혼의 노래 스승들이 되어주오.
내 가슴을 태워주오, 욕망에 병들어
죽어가는 동물성에 얽매인 채
존재 이유도 모르나니, 남은 재를 그러모아
영원한 예술품으로 빚어주오.

인성에서 벗어나면 나는 다시는
어떤 자연물에서도 나의 몸을 취하지 않고,
그리스의 금공들이 졸음에 겨운 황제를
깨우려고, 망치질한 금에 황금 유약을 발라
빚어내는 형상으로, 아니면 황금가지에 앉아
비잔티움의 영주들과 귀부인들에게
지나갔거나, 지나가고 있거나, 다가올
일들에 대해 노래해주는 형상으로 살리라.

1 "비잔티움(Byzantium)"은 흑해 입구를 제압하는 요새 지대로, 고대 그
리스의 식민지였다가, 330년에 콘스탄티누스(Constantine) 대제에 의
해 로마 제국의 수도로 정해지면서 콘스탄티노플(Constantinople)로 불
리게 되었고, 1453년에 오스만-투르크에 점령된 이후부터 투르크 식의
이스탄불(Istanbul)로 불리게 되었다. 투르크 제국의 왕조가 망하고 개
국한 터키 공화국이 1923년에 수도를 앙카라(Ankara)로 옮기는 바람에,
비잔티움은 1600년 가까이 누려온 수도의 지위를 잃고 말았으나, 여전
히 터키의 경제와 문화의 중심지로 번영하고 있다.

2 아일랜드(Ireland)를 가리킨다.

3 성 소피아 성당(Santa Sophia)을 말한다. 이스탄불에 있는 비잔틴 양식
의 건축으로, 6세기에는 기독교교회, 15세기에는 회교사원, 현재는 미술
관이다. 그러나 예이츠는 성 소피아를 직접 방문한 적이 없고, 대신 1907
년에 옛 서로마제국의 수도 라벤나(Ravenna)에 있는 산타폴리나레 누
오보 성당(Sant'Apollinare Nuovo)을 방문했다고 알려져 있다. 이 성당으
로 들어가면, 코린트 양식의 열두 기둥이 떠받치고 있는 양쪽 측랑 위의
벽에 예수 그리스도와 열두 사도, 주교, 순교자와 성인들의 삶을 묘사한
화려한 모자이크 벽화가 길게 줄줄이 펼쳐져 있다.

4 얼레에 실을 감거나 푸는 동작을 연상시킨다.

탑[1]

The Tower

1

어쩌란 말이냐 이 부조리를 —

아 가슴아, 아 난처한 가슴아 — 이 만화 같은 몰골,

개 꼬리에 매이듯 나의 몸에 내내 들러붙어

늙어빠진 나이를?

　　　　　　　　결코 이보다

흥분되고, 격렬하고, 환상적인

상상력을 품은 적이 없고, 이보다 불가능한 일을

기대하는 귀와 눈을 가져본 적도 없다 —

낚싯대와 파리, 아니면 더 보잘것없는 지렁이를

가지고, 불벤산의 등성이에 올라가서

긴 여름날을 보내야 했던 소년 시절에도 결코, 없었다.

뮤즈에게 짐 싸라고 명하고,

플라톤과 플로티노스를 벗 삼아야 할까 보다[2]

상상력, 귀와 눈이

논증에 만족하고 추상적인 것들을

받아들일 수 있을 때까지. 안 그랬다가는

뒤꿈치에 쭈그러진 주전자 꼴이라고 조롱당할 처지니.

2

나는 총안 흉벽 위에서 서성이며 물끄러미
집의 토대, 혹은 나무가, 그을린 손가락처럼,
땅에서 움터 나오는 지점을 바라본다.
그리고 상상력을 낮의 저물어가는
빛살 밑으로 보내, 폐허에서
아니면 고령의 나무들에서
심상들과 기억들을 불러낸다,
그 모두에게 한 가지 질문을 하고 싶어서.

저 산마루 너머에서 프렌치 부인이 살았고,
모든 은촛대나 벽걸이 촛대가
검은 마호가니 식탁과 포도주를 비추었던 시절에,
아주 존경받은 그 부인의 모든 바람을
간파할 수 있었던 한 머슴이,
뛰쳐나가서 정원 전지가위로
한 무례한 농부의 두 귀를 싹둑 잘라
뚜껑이 붙은 작은 접시에 담아 대령하였다.

내가 젊었을 때는 몇몇이 저 바위 지대의
어디에선가 살면서, 노래로 칭송받았던
한 농부 소녀를 여전히 기억하고는
그녀의 불긋한 얼굴을 찬미하였고,
그녀를 찬미하며 무척 기뻐하였다,
그녀가 그곳에서 걸어가면, 농부들이
서로 밀쳐대며, 노래로 칭송해 마지않았던
그 고운 소녀를 쳐다보았다고 추억하면서.

그리고 어떤 사내들은, 그 노랫말에 미쳐서,
아니면 그녀에게 스무 번을 건배하고도,
탁자에서 일어나 그들의 환상을
눈으로 당장 확인해 보자고 공언하였다.
그러나 그들은 달의 광채를
낮의 단조로운 빛으로 착각해서 —
음악이 그들의 정신을 오도하는 바람에 —
한 사내만 클룬 큰 늪에 빠져 죽고 말았다.

이상하게도, 그 노래를 지은 사내는 봉사였다.
그렇지만, 지금 생각해 보면, 그리
이상한 것은 없다. 비극은 봉사 사내였던

호머와 함께 시작되었고,

헬렌은 모든 살아 있는 가슴을 배신하였다.[3]

아 달빛과 햇빛이

불가분의 한 빛줄기로 보이면 좋으련만,

나도 승리하려면 사람들을 미치게 만들어야 하기에.

그리고 나 자신도 한라한을 창조해서[4]

그가 취했든 말든 새벽이 밝을 무렵에

이웃의 한 오두막집에서 내쫓아 버렸다.

웬 늙은이의 요술에 걸려든

그는 비틀거리고, 넘어지고, 이리저리 더듬거리다가

돈벌이와 끔찍하게 화려한 욕망 때문에

무릎만 까지고 말았다.

나는 그 모두를 20년 전에 착상하였다.

술벗들이 어느 낡은 외양간에서 카드를 섞었는데,

그 늙은 악한의 차례가 돌아오자

그가 엄지손가락 밑의 카드들에 마법을 걸어서

한 장을 빼고는 모조리 카드 패가 아니라

한 무리의 사냥개들로 변해 버렸고,

그 한 장을 그는 산토끼로 변신시켰다.

그러자 한라한이 격분해서 일어나

그 짖어대는 동물들을 쫓아 어디론가 가 버렸다 ─

아 어디로 갔는지 잊어 버렸으니 ─ 그걸로 됐고!
이제 떠올려야 할 사람은, 너무나
괴로워서, 사랑도 음악도 적의
잘린 귀도 즐겁게 해줄 수 없었던 사내,
그야말로 전설이 되어 버린 인물이라서
언제 그가 그의 개 같은 날을 마쳤는지
말해줄 이웃 하나 남아 있지 않은 사람 :
바로 이 집의 파산한 옛 주인이다.

그 파멸이 닥치기 전에는, 수 세기 동안,
양 무릎에 대님을 교차해서 대거나, 쇠 신을
신은 험악한 무사들이 좁은 계단을 올라다녔고,
일부 무사 중에는, 대뇌기억에
저장된 대로, 요란한 소리와
헐떡이는 가슴으로 느닷없이 나타나
커다란 나무 주사위로 식탁을 탕탕 두드리며
잠든 이의 휴식을 방해하는 진상들도 있었다.

모두에게 묻고 싶으니, 누구든 다 나오라.
늙고, 궁핍한, 반-옷차림의 사내여, 오라.

맹목적으로 지껄이는 미美의 사제도 데려오라.

그 마법사가 신한테서 버림받은 초원으로

보내 버린 그 붉은 사내도, 그토록 멋진 귀를

선물 받은 프렌치 부인도,

조롱하는 뮤즈들이 그 촌 계집애를 선택하자

늪의 진창에 빠져 죽어 버린 그 사내도.

이 돌들을 밟았거나 이 문을 지나친,

부유하고 가난한, 모든 늙은 남자들과 여자들도,

내가 지금 늙은 나이를 두고 그러듯이

공공연히 아니면 은밀히 격노했을까?

그러나 나는 사라지고 싶어서 안달하는

저 눈들 속에서 이미 답을 찾았다.

그러니 갈 테면 가라, 다만 한라한은 남겨두라.

나에게는 그의 위대한 기억들이 모두 필요하기에.

바람이 불 때마다 사랑을 나눈 늙은 색골아,

저 깊이 고찰하는 마음 밖으로

네가 그 무덤에서 찾은 것을 모조리 꺼내놓아라,

너는 마음을 녹이는 눈,

아니면 어떤 감촉이나 한숨 소리에

홀려서, 미리 알거나 보지 못한 채

다른 존재의 미궁으로 뛰어든 경험을
낱낱이 따져 보았을 테니.

상상력이 가장 많이 머무는 데가
얻은 여자냐 아니면 잃은 여자냐?
잃은 여자라면, 네가 어떤 거대한 미궁을
외면했던 것이 오만, 비겁, 어리석고
과민한 생각이나 한때 양심이라고 불린
무엇 때문이었음을 인정해라,
그래서 기억이 되살아나면, 태양이
엄폐된 듯 대낮이 컴컴해져 버렸다는 것을.

3

이제 나의 유언장을 쓸 시간이다.
나는 냇물을 따라 샘이 용솟는
데까지 올라가서, 새벽에
물방울 떨어지는 바위 측면에
낚싯줄을 드리우는 강직한
사람들을 선택하고, 나는 그들에게
나의 긍지를 물려주겠노라 선언한다,

명분에도 나라에도,

침을 맞은 노예들에게도,

침을 뱉은 압제자들에게도

얽매이지 않았던 사람들,

자유롭게 거절할 수 있음에도, 주었던

버크와 그라탄[5] 같은 사람들의 긍지를 —

곤두박질치는 빛이 흩뿌려지는

아침 같은 긍지,

아니면 전설의 뿔 같은 긍지,

아니면 모든 냇물이 말랐을 때

갑작스러운 소나기 같은 긍지,

아니면 백조가 어떤 꺼져가는

빛에 시선을 고정한 채, 기어이

반짝이는 냇물의 머나먼

마지막 유역까지 떠내려가

거기서 마지막 노래를 부르는

순간과 같은 긍지를.

그리고 나는 나의 신념을 선언한다 :

나는 플로티노스의 사상을 조롱하고

플라톤의 사상을 이로 악물고 소리친다,

사람이 모든 것을 만들 때까지,

그의 괴로운 영혼으로

발사체, 개머리판과 총열, 그렇지,

해와 달과 별, 모두를 만들 때까지는

죽음과 삶은 없었다고.

그리고 거기에 덧붙인다,

죽으면, 우리는 소생해서,

달 저편의 낙원을

꿈꾸고 그리하여 창조한다고.

나는 기품 있는 이탈리아 작품들과

그리스의 당당한 석조물들,

시인의 상상이 빚어낸 산물들과

사랑의 기억들,

여인들의 말에 대한 기억들,

사람을 초인으로 만들어

거울-닮은 꿈을 꾸게 하는

온갖 것들로

나의 평화를 준비해왔다.

마치 저기 저 총안에서

갈가마귀들이 깍깍 울며,

잔가지들을 떨어뜨려 겹겹이 쌓듯이.

그 가지들이 높이 쌓이면,

어미 새가 그 움푹 꺼진

꼭대기에 내려앉아, 자신의
거친 둥지를 포근하게 하리라.

나는 신념과 긍지를 모두
산허리를 올라가는
강직한 젊은이들에게 남긴다,
여명이 밝아올 무렵에
그들은 플라이낚시를 드리우리라.
그와 똑같은 금속으로 만들어진
펜도 이 앉은뱅이 일에
쓰이다가 부러졌다.

이제는 나의 영혼이
지혜의 전당에서
공부에 전념케 하리라
그러다 보면 육체의 쇠퇴,
피의 느릿한 감퇴,
성급한 헛소리
아니면 둔감한 노쇠,
아니면 그보다 심한 온갖 불행 —
친구들의 죽음, 아니면 턱
숨을 멎게 했던

모든 눈부신 눈의 죽음 — 이 닥치더라도

그저 지평선이 흐릿해질 무렵에

하늘의 구름 같거나,

짙어가는 어스름에 휩싸인

어떤 새의 졸린 울음소리 같으리라.

1   "탑"은 예이츠 소유의 투르 발릴리(발릴리 탑)을 말한다.
2   플라톤(Palto, 기원전 427?~347?)은 이데아(Idea)를 주창하였고, 플로티
    노스(Plotinus, 205~270)는 신플라톤주의의 대표자로서 일자(The One)
    를 내세웠다.
3   "호머(Homer)"는 기원전 10세기경의 그리스 시인으로 봉사였다고 하
    며, "헬렌"은 호머의 대서사시『일리아드(*Iliad*)』에서 남편을 버리고 사
    랑을 택함으로써 트로이전쟁을 유발한 주요 요인으로 그려진다.
4   "한라한(Hanrahan)"은 예이츠의『붉은 한라한 이야기(*Stories of Red Hanr-
    ahan*)』(1905)의 주인공.
5   "버크(Edmund Burke, 1729~1797)"는 영국-아일랜드계의 휘그당 정치
    인, 연설가이자 철학자로서, "그라탄(Henry Grattan, 1746~1829)"은 아
    일랜드 독립을 위해 싸운 정치인으로서, 예이츠의 존경을 받았다.

나의 집[1]
My House

오래된 다리 하나와 더 오래된 탑 하나,

그 성벽의 비호를 받는 농가 한 채,

1에이커의 돌투성이 땅,

여기서도 상징적인 장미가 꽃망울을 터뜨릴 수 있다,

고령의 우툴두툴한 느릅나무들, 고령의 무수한 가시

나무들,

떨어지는 빗소리 혹은 불어오는

모든 바람의 소리,

십여 마리의 소들이 첨벙거리는 물소리에 겁을 집어

먹고

다시 냇물을 가로지르는

장다리의 쇠물닭 소리.

나선형의 계단, 아치형의 석조 방,

편평한 바닥의 잿빛 석조 벽난로,

촛불 하나와 글이 적힌 책장.

「사색에 잠긴 사람」[2]의 플라톤주의자도

살짝 비슷한 방에서 고생 끝에,

그 악마적인 격정이 모든 것을 상상했던 과정을
어렴풋이 보여주었다.
밤늦게 시장에서 또 장에서
돌아오던 이들이
가물거리는 그의 한밤 촛불을 보곤 하였다.

두 남자가 여기에 터를 잡았다. 한 무인이
스무 명의 기병을 모아서 평생을 살았다
이 격동의 장소에서,
오랜 전쟁과 불시의 야간 기습들을 겪으며
점점 줄어든 기병들과 그가 조난자들처럼
잊고 살다가 잊히고 만 곳.
그리고 나는, 내가 떠난 다음에
나의 몸을 물려받을 후손들[3]이, 역경의
적절한 표상들을 찾아내어,
한 고독한 마음을 기쁘게 해주기를 바란다.

---

1 "나의 집"은, 「탑」과 마찬가지로, 발릴리 탑을 가리킨다.
2 「사색에 잠긴 사람(Il Perseroso)」(1632)은 존 밀턴(John Milton, 1608~16
   74)의 시.
3 "후손들"은 예이츠의 딸 앤과 아들 마이클(Michael, 1921~2007)을 가리
   킨다.

나의 탁자
My Table

두 개의 묵직한 가대와 받침대에 얹혀 있는

사토[1]의 선물, 불변의 검 한 자루가

펜과 종이 옆에 놓여 있다,

이 검을 교훈 삼아 나의 나날을

목적 없이 보내지 않고 싶은 마음에.

자수 놓인 작은 천 조각이

나무 칼집을 덮고 있다.

초서[2]가 첫 숨을 쉬기도 전에

쇠를 벼려 만들어진 검. 사토의 집 안에,

초승달처럼 휘어, 달처럼 빛나는

저 검이 오백 년 동안 놓여 있었다.

변하지 않으면 달이

아니겠지만, 오직 앓는 가슴만이

불변의 예술작품을 마음에 품는다.

우리네 박식한 사람들이 강조해왔듯,

언제 어디서 만들어졌든

아주 훌륭한 명품은, 그림에

있어서나 도자기에 있어서나,

아버지로부터 아들에게 전수되어

수 세기 동안 이어져 왔기에

저 검처럼 일정불변한 듯하다.

무엇보다 영혼의 미를 숭배했던

사람들과 그들의 가업이

내 영혼의 변치 않는 눈길을 사로잡았다.

아무리 부유한 계승자였더라도,

조악한 예술을 애호하면 아무도 천국의 문을

통과할 수 없다는 것을 잘 알고,

심하게 앓는 가슴을 품고 있었기에,

비단옷에 위엄 있는 걸음새를

사람들이 부러운 양 칭찬해도,

정신이 깨어 있어, 그저 주노[3]의

공작이 하악댄 양 아랑곳하지 않았을 테니.

---

1 "사토(Sato)"는 예이츠의 시와 강연에 심취한 일본인 외교관으로, 당시 샌프란시스코 주재 일본 영사였다. 그가 예이츠에게 검 한 자루를 선물 했는데, 500여 년이나 전해 내려온 사토 집안의 가보였다. 예이츠는 유 언장에 "사토의 아들이 태어나면 돌려주겠다고 쓰겠다"라고 약속한 후 에 검을 받았으나, 예이츠가 죽고 나서, 예이츠 부인이 사토에게 양해를 구하고 검을 계속 보관하였다.

2 제프리 초서(Geoffrey Chaucer, 1340?~1400)는 『캔터베리 이야기(The Canterbury Tales)』의 작가로, 영시의 아버지로 통하는 인물이다.

3 그리스-로마신화에서 신들의 여왕으로 통하는 "주노(Juno)" 또는 헤라 (Hera)는 흔히 공작이 끄는 수레를 타고 있거나 손에 석류나 양귀비 씨 앗(여성과 풍요의 상징)을 들고 있는 모습으로 묘사된다.

나의 자손들
My Descendants

나의 옛 조상들로부터 강건한 마음을
물려받았으니 나도 꿈들을 품어서
여아와 남아에게 강건한 마음을 물려주고
떠나야, 바람결에 향기 한 자락
못 드리우고 아침 햇살에 광휘 한 결
덧씌우지 못한 채, 찢긴 꽃잎처럼
화단에 뿌려지고 마는 인생이라도,
평범한 녹색 잎이나마 남아 있으리라.

혹시 나의 자손들이 영혼의 자연스러운
변화를 벗어나, 지나가는 시간에 너무 많이
관여하거나 너무 많이 놀아나서, 아니면
바보랑 결혼해서 꽃을 잃어 버리면 어찌 될까?
아마 이 힘든 계단도 이 삭막한 탑도
지붕 없는 폐허로 변해서
올빼미가 깨진 벽돌 틈에 둥지를 틀고
쓸쓸한 하늘을 향해 쓸쓸히 울어대리라.

우리를 빚어 만든 최초의 동인이[1]

그 올빼미들도 빙빙 날아다니게 했으니,

나도, 매우 성공했다고 자부하고,

사랑과 우정이면 족하다는 생각에,

한 늙은 이웃의 우정을 봐서 이 집을 택했고

한 소녀의 사랑을 위해 장식하고 수리했으니,[2]

흥망성쇠와 상관없이 이 돌들만은

그들과 나의 기념비로 남아 있으리라 믿는다.

---

1 "최초의 동인(Primum Mobile)"은 프톨레마이오스(Claudius Ptolemy, 2세기경 알렉산드리아의 천문학자, 수학자 및 지리학자)의 천문학에서 말하는 제10천(天) 혹은 제9천를 말한다. 프톨레마이오스는 천체의 중심을 지구로 보았고, 지구 내부에서 아홉 개 혹은 열 개의 천체가 동심원을 그리며 회전한다고 믿었다. 이 천체들의 회전 동인이 바로 최초의 동인이다.

2 여기서 "늙은 이웃"은 그레고리 부인을, "한 소녀"는 예이츠의 아내 조지(Georgie Hyde–Lees, 1892~1968)를 가리킨다. 예이츠가 매입한 '투르 발릴리'는 그레고리 부인의 영지 근방에 있다.

레다와 백조[1]

Leda and the Swan

돌연한 급습. 비틀대는 소녀의 몸에 올라타
거대한 날개를 연거푸 치며, 검은 물갈퀴로
허벅지를 애무하고, 부리로 목덜미를 붙잡은
백조가 소녀의 무력한 가슴을 제 가슴에 품는다.

어떻게 저 겁먹은 가냘픈 손가락으로 느즈러진
허벅지에서 그 깃털 휘덮인 광영을 밀쳐내랴?
그대로 누워 낯선 심장의 고동을 느낄 수밖에,
그 하얀 맹습에 가로 눕힌 몸이 달리 어찌하랴?

한 번의 저 허리 떨림이 성벽을
무너뜨려, 지붕과 탑을 불태우고
아가멤논을 죽게 만든다.
                              그렇게 붙잡혀서,
하늘의 난폭한 피에 그렇게 정복당했으니,
그 무심한 부리가 그녀를 툭 놓아주기 전에
소녀가 그의 힘과 함께 그의 지식도 뺐을까?

1 그리스신화에 따르면, 백조로 변신한 제우스가 레다(Leda)를 덮쳐서, 레다가 알 두 개를 낳았는데, 한 알에서는 뱃사람들의 수호신 카스토르(Castor)와 폴룩스(Pollux) 남아 쌍둥이가, 두 번째 알에서는 헬렌과 클리타임네스트라(Clytemnestra) 여아 쌍둥이가 태어났다. 헬렌은 트로이 전쟁의 원인을 제공한 미녀였고, 남편이 전쟁에 나간 사이에 바람을 피운 클리타임네스트라는 전쟁에서 돌아온 남편 아가멤논(Agamemnon)을 살해하였다.

학생들 사이에서

Among School Children

1

나는 긴 교실을 걸어가며 질문하고,
흰 두건을 쓴 친절한 노^老수녀가 답한다.
아이들은 계산하고 노래하는 법,
독서 하는 법과 역사를 공부하고,
재단에 바느질도 배운답니다, 최신식으로
매사에 건둥하도록 말이지요 — 아이들의 눈이
순간적인 경이감에 차서, 미소하는
예순 살의 공직자[1]를 말똥말똥 쳐다본다.

2

나는 꺼져가는 난로 위로 웅크린 채,
한 레다의 몸을 꿈꾼다,[2] 수녀가 들려준
이야기, 한 어린이의 인생을 비극으로
바꿔버린 호된 꾸지람이나 사소한 사건 —

듣고 있으려니, 우리의 두 천성이 청춘의
공감으로 뒤섞여 한 천체로 변한 듯했다,
아니, 플라톤의 우화로 환언해서,
노른자와 흰자의 한 달걀로 합체된 것 같았다.[3]

3

그리고 저 욱하는 슬픔 혹은 격정을 떠올리며
교실에 있는 아이들을 하나둘 바라보자니
그녀도 저 나이에는 저런 모습이었겠지 —
백조의 딸들이 하나같이 모든 물 젓는 자[4]의
유산을 일부나마 나눠 가졌을 테니 —
볼도 머리칼도 저런 색조였겠지,
그런 생각에 나의 심장이 거칠게 벌렁댄다 :
그녀가 살아 있는 아이처럼 내 앞에 서 있다.

4

그녀의 지금 모습이 마음속에 떠오른다 —
15세기의 손길이 볼을 움푹

꺼지게 했나, 마치 바람을 들이켠 양
고기 대신 숱한 그림자를 먹은 양?[5]
레다와 같은 족속은 아니지만, 나에게도
한때는 예쁜 깃털이 있었다 ─ 그거면 됐지,
차라리 미소하는 모두에게 미소하는,
퇴색한 허수아비처럼 편한 족속인 척하자.

5

생식의 꿀[6]이 무심코 세상에 내놓아,
기억 또는 그 마약이 이끄는 대로
자고 비명치고 도망가려 몸부림치는
아이를 무릎에 앉힌 어떤 젊은 어미가,
훗날 아들의 머리에 예순 번 이상의
겨울이 얹혀 있는 모습을 보고서,
그를 낳은 격통이나 그를 세상에 내놓은
불안에 대한 보상으로 생각하랴?

6

플라톤은 자연을 만물의 혼 같은 전형 위에

일렁이는 한낱 거품쯤으로 생각했고,

한층 견실했던 아리스토텔레스는

왕중왕[7]의 엉덩이를 호되게 때렸으며,

세계적인 명사 황금 넓적다리의 피타고라스는

피들-활이나 현에 손가락을 튕겨대며

별의 노래, 뮤즈들의 애청곡을 연주했다 :[8]

새를 겁주려고 낡은 막대에 낡은 옷 걸친 꼬락서니들.

7

수녀와 어머니 모두 상像을 받들지만,[9]

촛불들이 비추는 상들은 어머니의 몽상에

활기를 불어넣기보다는 대리석상이나

청동상의 평정 상태를 유지할 따름이다.

그렇지만 그 상들 또한 가슴을 부순다 — 아

열정, 신심, 혹은 애정이 알고,

모든 천상의 영광이 상징하는 실재들이여 —

아 자기가 낳고도 사람의 기획을 비웃는 이들이여.

8

육신이 상처 없이 영혼을 기쁘게 하는 데서
노고는 꽃을 피우고 춤을 춘다.
절망한다고 아름다워지는 것도 아니요,
밤새워 공부한다고 흐린 눈의 지혜를 얻는 것도 아
니다.
아 밤나무야, 크게 뿌리내려 꽃을 피우는
너는 잎이냐, 꽃이냐, 아니면 줄기냐?
아 음악에 덩실대는 몸, 아 반짝이는 눈짓,
어찌 우리가 춤꾼과 춤을 구분할 수 있으랴?

1   예이츠는 1926년에 상원의원의 자격으로 아일랜드 남부 워터포드에 있는 코벤트 스쿨(Convent School, Waterford)을 방문하였다.

2   "한 레다의 몸"은 예이츠가 평생 사랑한 모드 곤을 가리킨다.

3   플라톤의 『향연(*Symposium*)』에 대한 언급이다. 이 책에서 고대 그리스 아테네의 희극시인 아리스토파네스(Aristophanes, 기원전 448?~385?)가 사랑의 기원을 설명하면서 '사람은 본래 남녀 일체였다가 둘로 갈라졌기에 그 후로 계속 다시 하나가 되려고 애쓴다'라고 말하고 있다.

4   "물 젓는 자"는 백조로 변신해 레다를 덮친 제우스를 연상시킨다.

5   당시 늙은 모드 곤은 해골을 연상시킬 만큼 비쩍 말라 뼈만 앙상했다고 전해진다.

6   "생식의 꿀(Honey of generation)"은 성교(性交)의 쾌감을 말한다. 신플라톤학파의 철학자 포피리(Porphyry, 232~305)에 따르면, 영혼들은 행복한 상태에서 꿀(부모의 성적 환희)에 의해 생명체로 세상에 이끌려 나온다. 그래서 출생 후에 어린애가 이따금 자기의 전생(前生) 행복을 회상하며 비명을 지르고 도망치려 애를 쓴다거나, 생식의 꿀이 너무 강하게 작용할 때 잠든다고 주장하였다.

7   "왕중왕"은 알렉산더 대왕(Alexander the Great, 기원전 356~323)을 말한다.

8   "피타고라스(Pythagoras, 기원전 580?~500?)"는 천체들이 회전할 때 음악 소리를 낸다고 생각했으며, 그가 옷을 벗자 황금색 허벅지가 드러났다고 전해진다.

9   수녀들은 예수상이나 성모상을, 어머니들은 자식을 숭배한다.

자아와 영혼의 대화

A Dialogue of Self and Soul

1

나의 영혼. 굽이도는 옛 계단으로 와서,

　　자네의 온 마음을 저 가파른 오르막에,

　　부서져서, 무너져 내리는 저 총안흉벽에,

　　별이 빛나는 숨 막히는 저 대기에,

　　숨겨진 극점을 가리키는 저 별에 쏟은 채,

　　배회하는 생각들을 모두 그러모아

　　모든 생각이 끝나는 저 지점에 고정해 보게.

　　누가 어둠과 영혼을 구별할 수 있겠나?

나의 자아. 나의 무릎에 얹혀 있는 신검은

　　사토의 오래된 검으로, 여전히 옛 모습 그대로지,

　　여전히 면도날처럼 예리하고, 여전히 거울처럼

　　수 세기가 지났어도 흠 한 점 없네,

　　저 꽃무늬, 비단의, 오래된 자수도,

　　어느 궁중 귀부인의 옷에서 찢겨 나와

　　나무 칼집에 둘둘 묶이고 휘감긴 채,

누덕누덕해졌으나, 여전히 퇴색한 장식을 품고
있네.

나의 영혼. 왜 인간의 상상력이
전성기를 한참 지났는데 사랑과 전쟁을
표상하는 물건들을 기억해야 하나?
혹시라도 상상력이 대지를 경멸하고
지성마저 이리저리
오락가락 배회하게 된다면,
죽음과 탄생의 죄에서 해방해 줄 만한
조상의 밤을 생각해 보게.

나의 자아. 몬타시기, 사토 가문의 3대손이 그 검을
500년 전에 만들었지, 검에 둘려있는
꽃무늬들이 어떤 자수인지는 나도 모르네만 —
심장처럼 새빨간 — 자수와 이 모든 것들을
나는 낮의 표상들로 삼아서
밤을 표상하는 탑에 맞세우고,
군인이 정의를 내걸 듯이 다시 한번
죄를 범할 특전을 달라고 요구하겠네.

나의 영혼. 그 방면에서 그렇게 가득 차고 넘쳐

마음의 대야로 빠져들다가는

사람이 귀머거리 벙어리 봉사가 되고 말지,

지성이 더 이상 *존재*와 *책임*,

혹은 앎의 *주체*와 *객체*를 구분하지 못하니까 —

다시 말해서, 천국에 오르지.

오로지 죽은 사람만이 용서받을 수 있지만,

그걸 생각하면 나의 혀가 돌이 되고 만다네.

2

나의 자아. 살아 있는 사람이 봉사니까 자기 똥물을

　　마시지.

　　도랑이 더러운들 무슨 상관이겠나?

　　내가 완전히 다시 한번 산들 무슨 상관이겠나?

　　저 성장통, 소년 시절의

　　부끄러운 행위, 소년에서 어른으로

　　변해가는 괴로움, 그 미완의 어른과

　　자신의 어설픈 태도로 인해

　　맞닥뜨리게 되는 고통을 감내하고,

　　완숙한 어른이 되어 적들에 둘러싸인들? —

하늘의 이름을 걸고 그 사람이 어떻게
그 지저분하고 흉측한 몰골을 피할 수 있겠나
그 심술궂은 눈 거울이
두 눈을 칩떠보면 결국에는 그 몰골이
바로 자기 모습이라고 생각하지 않겠나?
그리고 명성이 겨울 폭풍 속에서 그를 찾아내서
탈출한들 무슨 소용이 있겠나?

나는 기꺼이 그런 인생이라도 완전히 다시,
또다시 살 것이네, 웬 봉사가 봉사들을
난타하는, 봉사 도랑의
개구리-알 속으로 내던져지거나,
아니면 가장 다산하는 저 우인 도랑에 빠져서,
한 남자로서 자기 영혼에 관심 없는 오만한
  여자한테
구애하는 미련한 짓을 저지르고
고통스럽게 살아야만 하는 삶이라도.

나는 기꺼이 그 삶의 원천에 이를 때까지
행동이나 생각 속의 모든 사건을 좇으며,
운명과 겨루어, 스스로 운명의 굴레를 벗겠네!
그러면 내가 후회를 몰아내는 만큼

큰 기쁨이 가슴 속으로 흘러들어

우리 함께 깔깔대고 우리 함께 노래하리니,

우리는 만상의 축복을 받고,

우리가 바라보는 만상도 축복받을 것이네.

피와 달

Blood and the Moon

1

이 터에 축복이 내리기를,

이 탑에 더 많은 축복이 내리기를.

핏빛의, 오만한 힘이

득세하여 경쟁을 이겨내고

언명하여, 이 터를 장악한 채,

이 폭풍에 난타당한 오두막들에서

이 성벽들처럼 솟아올랐다 ―

비꼬는 투로 나 또한

한 강력한 표상을 세웠고,

운에 운을 맞춘 노래를 지어

꼭대기에서 거의 죽어 버린

한 시대를 조소한다.

2

알렉산드리아의 탑은 봉화대였고, 바빌론의 탑은

움직이는 천체들의 표상, 해와 달의 여정에 관한 항

행일지였으며,

셸리[1]에게도 그만의 탑들이 있어서, 언젠가 그는 그

탑들을 사상의 왕관을 쓴 권력자들이라고 불렀다.

나는 이 탑이 나의 상징이라고 선언한다. 나는

이 굽이굽이, 휘휘 도는, 나선형의 쳇바퀴 같은 계단

이 내 조상의 계단이라고 선언한다.

그래서 골드스미스와 스위프트, 버클리와 버크도 저

계단을 딛고 올랐다고.

피에 흠뻑 젖은 가슴속의 심장이 자기를 사람으로 끌

어내렸다며

시빌[2]처럼 맹목적인 격정에 사로잡혀 가슴을 쳤던 스

위프트,

유유히 자기 마음의 꿀단지를 찔끔찔끔 음미했던 골드

스미스,[3]

그리고 국가란 나무 같아서, 이 정복할 수 없는 새들

의 미궁이,

세기에 세기를 거듭하며, 수학적인 등식에 따라 죽은 잎들만

떨어뜨렸을 뿐이라고 입증했던 아주 오만한 머리의 버크,

그리고 만사가 꿈과 같다며, 이 독단적이고,

어처구니없는 돼지 같은 세상, 아주 견실해 보이는 그 세상의 돼지 새끼들도, 마음이 주제를 바꾸기만 하면,

그 즉시 사라져 버린다고 입증했던 신의 사자 버클리,[4]

사나운 분노와 노동자의 보수,

우리의 피와 국가에 관용의 욕구를 심어주는 기운,

신을 제외하고 지적인 불길에 휩싸였던 모든 것.

3

구름을 벗은 달의 맑은 빛이 내내

화살 같은 빛살을 그 바닥에 흩뿌렸다.

7세기가 지나갔어도 달빛은 여전히 맑고,

순결한 피는 얼룩 하나 남기지 않았다.

저, 피에 흠뻑 젖은 땅에,

군인, 자객, 사형 집행인이 서 있었으나,

보잘것없는 하루 일당이나 맹목적인 두려움 때문에,

아니면 막연한 증오와, 흘린 피 때문에,

차마 대번에 발길을 내딛지 못했다.

그 조상의 계단에 배어 있는 피 냄새!

그러니 피 한 방울 흘리지 않았던 우리가 거기 모여

술에 취해 격정적으로 달을 소리쳐 불러야 한다.

4

먼지투성이의, 반짝이는 창문들에 달라붙거나,

달빛 어린 하늘에 달라붙은 듯한,

거북 등딱지 나비들, 공작나비들,

그리고 한 쌍의 밤-나방이 날아다닌다.

모든 현대의 나라가 저 탑의 꼭대기처럼,

거의 죽은 상태일까? 내가 무슨 말을 했든,

지혜란 죽은 자들의 자산으로,

삶과 양립할 수 없는 어떤 것이고, 힘이란

피의 얼룩을 지닌 모든 것과 똑같이,

살아 있는 자들의 자산이지만, 구름을 벗고

찬란하게 바라보았던 달의 얼굴에는

아무런 얼룩도 생기지 않는 법이기에.

---

1 "셸리(Percy Bysshe Shelley, 1792~1822)"는 낭만주의시대의 시인으로, 예
   이츠는 '셸리의 후손'이라고 언급될 만큼 그에게서 많은 영향을 받았다.
   "사상의 왕관을 쓴 권력자들(thought' crowned powers)"는 셸리의 시극
   『풀려난 프로메테우스(*Prometheus Unbound*)』 제4막 '정령들의 코러스'에
   나오는 구절이다.

2 "시빌(sibyl)"은 고대 그리스와 로마의 무녀. 태양신 아폴로가 영생을 허
   락했으나 영원한 젊음을 주지 않아, 몸이 점점 오그라들어서 병에 들어
   가 동굴의 천장에 매달려 있었다는 '쿠마에의 시빌'이 특히 유명하다.
   그녀는 죽는 것이 소원이었다고 한다.

3 골드스미스(Oliver Goldsmith, 1728~1774)는 영국-아일랜드계의 시인,
   극작가, 소설가.

4 버클리(George Berkeley, 1685~1753)는 아일랜드 출신의 철학자이자 주
   교(Bishop of Cloyne)로, 주관적인 이상주의를 주장하였다.

향유와 피

Oil and Blood

금과 청금석으로 이루어진 무덤들 속에서는
성스러운 남자들과 여자들의 몸이
신기한 향유, 제비꽃 향을 발산한다.

그러나 다져진 묵직한 흙더미 밑에는
피를 가득 머금은 흡혈귀들의 몸이 누워 있다.
그들의 수의도 피범벅이고 그들의 입술도 축축하다.

베로니카의 손수건

Veronica's Napkin

하늘의 순환, 베레니케의 머리털자리,

에덴의 천막-기둥, 그 천막의 주름 휘장,

땅과 하늘의 상징적인 광배!

거기 남은 고결한 광배를 창조한

아버지 하나님과 그분의 천사들이

그 바늘구멍 같은 순회로 속에 서 있었다.

일부가 다른 기둥을 찾았는데, 그 기둥이 서 있던 자리에

어떤 무늬가 냅킨에 스미듯 핏빛으로 배어들었다.[1]

---

1 베로니카(St. Veronica)는 십자가를 지고 가는 예수에게 다가가서 수건
   으로 얼굴을 닦아준 여인이다. 예수의 피와 땀이 수건에 배어 예수의 얼
   굴 형상이 그려졌는데, 이 "진리의 형상(Vera icon)"을 뜻하는 라틴어 단
   어의 조합으로 베로니카(Veronica)라는 이름이 생겨났다고 전해진다.

세 동향

Three Movements

셰익스피어 물고기는 바다를 헤엄쳐, 육지에서 멀리 떠났다.

낭만주의 물고기는 손에 닿는 그물 속에서 헤엄쳤다.

물가에서 헐떡거리고 있는 저 물고기들은 대체 뭔가?

스위프트의 비문

Swift's Epitaph

스위프트가 항해하다가 안식에 들었다.

사나운 분노도 거기서는

그의 가슴을 찢을 수 없다.

용기 있거든 그를 본받아라,

세태에 찌든 길손이여, 그는

인간의 자유를 섬겼다.

비잔티움

Byzantium

낮의 불순한 잔상들이 물러난다.
황제의 취한 병사들이 잠자리에 든다.
밤의 공명이 물러난다, 밤-길손들의 노랫소리도
대성당[1]의 종소리를 따라서.
별빛 혹은 달빛 깃든 돔이
인간적인 만상,
착잡할 따름인 만사,
인간 핏줄의 분노와 오욕을 조소한다.

내 앞에 어떤 상이 떠오른다, 사람 혹은 망령,
사람보다는 망령, 어떤 망령보다는 상.
미라-천에 감긴 하데스의 얼레가
그 휘감긴 길을 풀면,
물기도 숨도 남아 있지 않은 어떤 입을
숨 가쁜 입들이 불러낼 수 있을 터이니.
나는 그 초인을 반갑게 맞이하여,
그를 생-중-사이자 사-중-생으로 부른다.

기적, 새 아니면 황금 세공품,

새나 세공품보다는 기적이,

별빛 깃든 황금 가지에 앉아,

하데스의 수탉들처럼 울 수도 있다.

아니면, 달빛에 분격해서, 크게 비웃을 수도 있다

변치 않는 금속의 광채에 젖어서

평범한 새나 꽃잎,

진흙 혹은 피로 얼룩진 온갖 착잡한 것들을.

한밤에 황제의 포도 위에서 불꽃들이 휙휙 날아다닌다

장작단도 피우지 못하고, 강철 제품도 밝힌 적 없는,

폭풍도 흩트리지 못하는, 불꽃에서 생겨난 불꽃들,

그곳으로 피에서 태어난 혼령들이 다가가고

분노로 얼룩진 온갖 착잡한 것들이 물러나며,

한 춤으로 녹아든다,

무아지경의 고통으로,

소맷자락 하나 그을리지 못하는 불꽃의 고통으로.

돌고래[2]의 진흙과 피에 걸터앉은,

혼령에 또 혼령! 대장장이들이 그 물결을 부순다,

황제의 황금 대장장이들!

무도장의 대리석상들이

248

착잡하고 쓰라린 분노들을 부순다,

하염없이 새로운 상들을

낳는 저 영상靈像들,

저 돌고래에 찢기고, 저 종소리에 괴로운 바다를.

신의 어머니
The Mother of God

사랑의 삼중 공포, 추락해서
귓구멍을 파고드는 섬광,
방 안에 퍼지는 날갯짓,
모든 공포 중의 공포로 인해 나는
나의 자궁 속에 신들을 뱄다.

내가 평범한 여인이면 다 아는
굴뚝 귀퉁이, 정원 산책로,
아니면 우리가 빨래를 밟으며
온갖 소문 그러모으는 바위 웅덩이 같은,
공공장소에서 알았다면 흡족하지 않았을까?

나의 산고로 얻은 이 살덩어리는,
나의 젖이 부양하는 이 추락한 별은,
내 심장의 피를 멎게 하거나 느닷없이
내 뼛속까지 오싹하게 하고
내 머리카락을 곤두서게 하는 이 사랑은 뭔가?

바늘구멍

A Needle's Eye

아우성치며 흘러가는 시냇물은 모두
한 바늘구멍에서 나왔다.
태어나지 않은 것들, 떠나 버린 것들이,
바늘구멍에서 끊임없이 들들 볶아 내보낸다.

메루산[1]

Meru

문명은 한 테두리를 이루어, 한 법칙의

지배를 받으며, 잡다한 환상 덕에

평화로워 보인다. 그러나 인간의 생명은 생각이다,

그래서 인간이, 공포에도 불구하고, 끊임없이

세기에 세기를 거듭하며 약탈을 일삼고,

약탈하고, 날뛰고, 뿌리 뽑다가 결국

현실의 폐허에 이르게 되는 것이다.

이집트여 그리스여, 안녕, 로마여 안녕!

메루산 혹은 에베레스트산의 은자들은

한밤중에 쌓인 눈 밑의 동굴에 들어가거나,

그 눈발과 겨울의 지독한 돌풍이

그들의 맨몸을 두들겨대는 곳에서도,

낮은 밤을 데려오고, 새벽이 오기 전에

인간의 영광과 기념비는 사라진다는 것을 안다.

---

1 "메루산(Meru)"은 고대 인도의 우주관에서 세계의 중심에 있다고 여겨
지는 상상의 산으로, 모든 물질적, 형이상학적, 정신적 우주의 중심으로
간주된다. 산스크리트어 수메루(Sumeru)를 약칭해서 '메루'라고 하며,
수메루는 수미산(須彌山)으로 표기된다.

자이어¹

The Gyres

자이어! 자이어! 늙은 바위 얼굴아, 앞을 보라.
너무 오랜 생각의 산물은 더는 생각이 아니다,
미는 미에 죽고, 가치는 가치에 죽고,
예전의 용모도 다 지워져 버린다.
불합리한 피의 물결이 대지를 더럽히고 있다.
엠페도클레스²는 만사를 뿔뿔이 던져 버렸고,
헥토르도 죽었으나 트로이에 한 불빛이 있어,
구경하는 우리는 그저 비극적 황홀감에 웃을 뿐.

저런 악몽이 걸터앉아 짓누르고, 피와 진흙이
과민한 몸을 더럽힌들 무슨 상관이랴?
무슨 상관이랴? 한숨 쉬지 마라, 눈물 흘리지 마라,
한층 위대하고, 한결 우아한 시간은 가 버렸다.
옛 무덤들 안에 그려진 형상들이나 화장품 상자들을
나는 동경했으나, 다시는 그러지 않을 것이다.
무슨 상관이랴? 동굴에서 들려오는 한 목소리,
그 소리가 아는 말은 오직 한마디, "기뻐하라!"

품행과 소행이 조악해지면, 영혼 역시 조악해진다,

무슨 상관이랴? 바위 얼굴이 귀하게 품는 이들,

말馬을 사랑하고 여자를 사랑하는 이들이,

어느 망그러진 무덤의 대리석상에서

아니면 족제비와 올빼미 사이의 어둠 속에서,

아니면 어느 짙고, 어두운 공堂에서

명공, 귀족과 성자를 발굴하면, 만물이 다시

저 유행을 모르는 자이어 타고 흐르리니.

---

1 예이츠의 "자이어(Gyres)"는 흔히 나선형으로 돌며 팽창하는 원뿔 형태의 움직임(자이어)과 반대로 수축하는 원뿔 형태의 움직임(자이어)이 혼재하는 그림 — 같은 시간과 공간 속에서 서로 엇갈려서 역방향으로 움직이는 두 개의 자이어로 형상화된다. 예이츠는 이 두 자이어의 수축과 팽창이 완료되는 주기를 대략 2,000년으로 보고, 트로이전쟁(「레다와 백조」), 예수의 탄생, 그리고 적그리스도의 출생(「재림」)을 세계사의 3대 근본적인 위기로 간주하였다. 그리고 그 위기들이 기존의 질서를 전복시키고 문명의 새 주기를 선도했으며 앞으로도 그럴 것이라고 주장하였다.

2 "엠페도클레스(Empedocles)"는 기원전 5세기경의 고대 그리스 철학자, 정치가이자 시인으로, 세상의 만물이 4원소(물, 공기, 불과 흙)의 사랑과 다툼 속에서 생겨났다고 주장하였다.

청금석 부조

Lapis Lazuli

해리 클립턴에게 바친다[1]

신경질적인 여자들이 팔레트도 바이올린-활도
역겹다고 말하는 소리를 들었다.
마냥 즐거운 시인들도요,
다들 알다시피 아니 알아야만 해요
무슨 과감한 조치가 취해지지 않는다면
비행기와 비행선[2]이 나타나,
빌리 왕[3]처럼 폭탄을 마구 투하해서
도시를 폭삭 무너뜨리고 말 거예요.

모두가 각자의 비극을 연기한다,
저기서는 햄릿이 점잔 빼며 걷고, 저기에는 리어,
저것은 오필리아, 저건 코딜리아.
그렇지만 다들, 마지막 장면에 이르러,
커다란 무대막이 내려질 참에도,
극에서 걸출한 역할을 맡을 만한 이라면,
대사를 끊고 눈물을 짜는 법이 없다.

그들은 햄릿과 리어가 즐겁다는 것을 안다.

즐거움이 그 모든 두려움을 미화시키기에.

모든 사람이 목표를 정해서, 찾고 잃는다.

불이 꺼지고, 천국이 확 머리를 파고든다 :

비극이 절정으로 치닫는 것이다.

햄릿이 횡설수설하고 리어가 분격하고

마지막 장면들이 한꺼번에

십만 개의 무대 위로 내려진다고 해도,

비극은 한치도 한 푼도 자라지 않는다.

그들은 걸어서 왔다, 혹은 배를 타고,

낙타 등, 말 등, 나귀 등, 노새 등[4]을 타고 왔다,

옛 문명들이 검에 찔려 쓰러졌다.

이내 그들과 그들의 지혜도 허물어졌다 :

대리석을 마치 청동인 양 잘 다루어,

바다-바람이 모서리를 스쳐 갈 때면

꼭 나풀거리는 듯한 주름 휘장까지 만들었던

칼리마코스[5]의 수공품 한 점 안 남아 있다.

그가 가느다란 종려나무 줄기 모양으로 만든

기다란 등잔-등피도, 겨우 하루 서 있었다.

모든 것들이 쓰러지고 다시 세워지며,

그것들을 다시 세우는 이들은 즐겁다.

두 중국인, 그들 뒤에 세 번째 사람이,

청금석에 새겨져 있다,

그들 위로 긴 다리의 새 한 마리가 날아간다,

장수의 한 상징.

세 번째 사람이, 아마 하인인 듯,

웬 악기를 들고 간다.

그 돌의 변색한 부분들이 모두,

우연히 생긴 금이나 팬 자국들이 모두,

마치 어떤 수로나 눈사태,

혹은 아직도 눈이 내리는 가파른 비탈 같다

그래도 필시 자두나무 혹은 벚나무 가지가,

저 중국인들이 올라가는 중턱의

작은 정자를 향기롭게 하리니, 거기에

앉아 있는 그들을 상상하는 나도 기쁘다.

거기서, 산도 보고 하늘도 보며,

그들은 온갖 비극적인 정경을 응시하리라.

누군가가 구슬픈 곡조를 청하면,

능숙한 손가락들이 연주를 시작하리라.

숱한 주름살에 싸여있는 그들의 눈, 그들의 눈,

그들의 늙은, 반짝이는 눈도, 즐거우리라.

1 "해리 클립턴(Harry Clifton)"은 예이츠의 친구로 무명의 시인이었다. 그
가 1935년에 예이츠에게 한 중국인 조각가의 청금석 부조 한 점을 선물
했는데, 이 시의 후반부에 그려진 내용 — 사원, 나무, 길들이 보이는 산
과, 이 산을 오르는 고행자와 제자의 모습 등 — 이 새겨져 있으며, 아직
도 예이츠 일가가 소유하고 있다고 알려져 있다.
2 독일의 비행선으로 당시에는 무적으로 통했다.
3 "빌리 왕(King Billy)"은 1690년 아일랜드에서 벌어진 전투(Battle of
Boyne)에서 제임스 2세(James II)의 군대에 참패를 안긴 윌리엄 3세
(William III)를 가리킨다. 이미 언급한 바 있듯, 영국의 신교도와 아일랜
드 가톨릭교도 간에 벌어진 이 종교전쟁에서 패한 아일랜드 병사들이
추방되어 유럽을 떠돌며 대대로 용병으로 살았다. 그리고 그런 사람들
을 '기러기'라고 불렀다.
4 각각 이집트인, 아라비아인, 기독교인, 마호메트인을 가리킨다.
5 "칼리마코스(Callimachus)"는 기원전 5세기경의 아테네 조각가.

낡은 돌 십자가
The Old Stone Cross

정치인은 참 편리한 사람이야,
그는 기계적으로 거짓말들을 해대지.
언론인은 그의 거짓말들을 날조해서
자네의 목덜미를 붙들지.
그러니 집에 처박혀 맥주나 마시고
이웃들이나 투표하라 그러게,
  황금 흉갑의 사내가 말했다
  낡은 돌 십자가 밑에서.

이 시대와 다음 시대도
시궁창에서 생겨날 테니,
아무도 행복한 사람과 지나가는
철면피를 식별하지 못하겠지.
우둔과 우아가 손잡아도
뭐가 뭔지 식별하지 못하겠지.
  황금 흉갑의 사내가 말했다
  낡은 돌 십자가 밑에서.

그런데 가장 나의 울화를 돋우는 자들은

바로 음감 없는 배우들이야,

얼버무리고, 꿀꿀대고 끙끙대는 게

더 인간적이라고 그들은 주장하지,

위대한 장면을 아우르는

어떤 숭고한 요소를 모르는 거야,

  황금 흉갑의 사내가 말했다

  낡은 돌 십자가 밑에서.

타라 궁전에서[1]

In Tara's Halls

내가 찬미하는 한 임금이 옛날 타라 궁전에서

여인을 무릎에 앉히고 말했다, "가만히 있거라.

나의 백 번째 해가 끝나가고 있다.

무슨 일이 꼭 일어날 것 같구나, 아무래도

노년의 모험이 시작되려나 보다.

그동안 많은 여인에게 말했지, '가만히 있거라,'

그러면서 여자에게 필요한 모든 것을 줬지,

집, 멋진 옷, 열정에, 어쩌면 사랑까지,

그러나 사랑을 애걸한 적은 없었다. 그걸 애걸하면,

내가 정말 늙은이일 테니까."

                그 후에 임금은

신당으로 행차하여 황금 쟁기와 써레 사이에 서서

수행원들과 우연히 모여든 구경꾼들까지

모두 듣도록 큰 소리로 말했다.

"신을 나는 사랑했으나, 신이나 여자에게

보답을 바란다면, 죽을 때가 온 것이다."

임금은, 그의 백한 번째 해가 끝나갈 무렵에,

무덤 파는 이들과 목수들에게 묘와 관을 만들라 명

하고,

무덤이 깊이 파였는지, 관이 견고한지 확인한 다음에,

그의 집안사람들을 불러들이고,

그 관 속에 드러누워, 숨을 멈추고 죽었다.

---

1 "타라(Tara)"는 아일랜드 더블린 북서쪽의 마을로, 이 마을 근처에 있는
   타라산(the Hill of Tara)은 고대 타라 왕조의 성터로 간주된다.

긴-다리 소금쟁이

Long-Legged Fly

문명이 위대한 전투에서 패하여,

무너지지 않도록,

개들을 조용히 시켜라, 조랑말도

멀찍한 말뚝에 잡아매라.

우리의 주군 시저가 막사에 계신다

거기에 지도들이 펼쳐져 있고,

두 눈을 허공에 고정한 채,

한 손으로 머리를 괴고서.

냇물 위의 긴-다리 소금쟁이처럼

그의 마음이 정적 타고 움직인다.

드높은 탑들이 불태워지면

사람들이 저 얼굴을 기억하도록,[1]

이 쓸쓸한 장소에서

꼭 움직여야겠거든 조용히 움직여라.

일부 여인, 삼부 아이인, 그녀가

아무도 보지 않는다 생각하고, 두 발을

어설프게 질질 끌며 거리에서

주워 익힌 춤을 연습한다.
냇물 위의 긴-다리 소금쟁이처럼
그녀의 마음이 정적 타고 움직인다.

사춘기 소녀들이 마음에 둔
첫 번째 아담을 찾도록,
교황의 예배당² 문을 닫아라,
저 어린애들이 못 들어오게 해라.
저기 저 비계 위에
미켈란젤로가 몸을 기댄다.
생쥐가 내는 소리보다도 조용히
그의 손이 이리저리 움직인다.
냇물 위의 긴-다리 소금쟁이처럼
그의 마음이 정적 타고 움직인다.

---

1   이상의 두 행에서 "드높은 탑들"은 트로이를, "저 얼굴"은 헬렌을 가리킨다.
2   "교황의 예배당"은 로마 시스티나 성당을 말한다.

사냥개 소리

Hound Voice

우리는 헐벗은 언덕과 지지러진 나무들을 좋아하기에
막판에야 정착지를 선택해서, 책상에 앉거나
삽질하며 따분하게 살게 되었지만,
아주 많은 세월을 사냥개를 벗 삼아 지냈기에,
우리의 목소리가 뻗치면, 잠에 푹 빠졌어도,
몇몇은 반쯤 깨어나 반쯤은 선택을 돌이키고,
컹컹, 자신의 숨겨진 이름 ─ "사냥개 소리"를 내지른다.

내가 골랐던 여자들은 달콤하고 나직이 말했는데
역시 짖는 소리였다. 그 모두가 "사냥개 소리"였다.
우리는 멀리서 서로를 골라잡고 어떤 공포의
시간이 영혼을 시험하려 다가오는지 알아차렸고,
그 공포의 이름으로 부르는 소리에 복종했으며,
아무도 이해하지 못했던 무언가를 이해하였다,
그것은 핏속에서 깨어난 심상들이었다.

어느 날 우리는 새벽이 오기 전에 일어나
문 앞에 있는 우리의 옛 사냥개들을 발견하고,

완전히 깨어나 사냥이 임박했음을 알아챌 것이다.

다시 한번 핏빛-거뭇한 자국을 우연히 발견하고,

비틀비틀 나아가 물가에서 사냥감을 끝장낼 것이다.

그리고 상처들을 씻어내고 붕대로 감싼 다음에,

사냥개들에 둘러싸여 승리의 노래를 부를 것이다.

고상한 이야기
High Talk

높은 죽마들이 없으면 행진을 해도 눈을 사로잡지 못한다.

나의 증조부에게는 20피트 높이의 죽마 한 쌍이 있었고,

내 것은 겨우 15피트였으나, 그보다 높은 현대의 죽마는 없었는데,

세상의 어떤 악당이 그 죽마들을 훔쳐 가서 울타리를 덧대거나 땔감으로 태워 버렸다.

얼룩무늬 조랑말들, 끌려다니는 곰들, 우리 안의 사자들도, 보잘것없는 구경거리밖에 되지 않아서,

자식들이 목발들 위에 서 있는 긴 다리의 아빠를 보고 싶어 하니까,

위층에 사는 여자들이 창유리에 비치는 얼굴을 보고 싶어 하니까,

그들이 비명을 지를 수 있도록, 나는 낡은 뒷발들에 헝겊을 덧대고, 끌로 깎고 대패질을 한다.

나는야 말라기 죽마-잭,[1] 내가 배웠던 것들이 모두

날뛰어 넘어갔다,

마구에서 마구로, 죽마에서 죽마로, 아버지에서 자식으로.

모든 은유, 말라기, 죽마들과 모든 것들이. 하얀 얼굴의 흑기러기 한 마리가

드넓게 펼쳐진 한밤에 드높이 날아오르면, 밤이 갈라지고 서서히 동이 트기 시작한다.

나는, 그 무섭고도 새로운 빛을 헤치고, 성큼, 성큼 나아간다.

그 거대한 바다-말들이 이빨을 드러내고 여명을 비웃는다.

---

1 "말라기(Malachi)"는 『구약성서』의 마지막을 장식하는 예언서의 주인공으로, 「말라기서」에는 최후의 심판에 대한 예언과 십일조에 관한 내용 등이 들어 있다.

새로운 탄생

A Nativity

웬 여인이 저기서 자기 아기를 껴안나?

또 하나의 별이 한 귀를 쏘았다.

무엇이 옷 주름을 저토록 빛나게 했나?

그 누구도 아닌 들라크루아.[1]

무엇이 천장에 물이 새지 않게 했나?

랜더가 지붕에 댄 방수포.[2]

무엇이 파리와 나방을 쫓아버리나?

어빙과 그의 당당한 깃털.[3]

무엇이 악당과 악한을 다급히 뛰쳐나가게 하나?

탈마와 그의 번개.[4]

왜 여인이 공포에 질려 있나?

그 눈길 속에 자비가 배어 있겠나?

1   "들라크루아(Ferdinand Victor Eugène Delacroix, 1798~1863)"는 프랑스의 화가.

2   "랜더(Arnold Henry Savage Landor, 1865~1924)"는 영국의 화가이자 여행가로, 시인 월터 랜더(Walter Savage Landor, 1775~1864)의 손자.

3   "어빙(Sir Henry Irving, 1838~1905)"은 영국의 명배우. 그는 셰익스피어 배우로 명성을 떨쳤고, 배우로서 처음으로 경(Sir) 칭호를 받았다.

4   "탈마(François Joseph Talma, 1763~1826)"는 영국에서 수학한 프랑스의 명배우로, 화가와 상의해서 의상과 도구의 시대 고증을 시도하였고, 사실적인 연기로 무대에 새바람을 일으켰다.

서커스 동물들의 탈주

The Circus Animals' Desertion

1

나는 새 주제를 찾고 또 찾았으나 허사였다.

나는 6주가량 매일 그 주제를 찾았다.

어쩌면 결국은, 낙담한 사내로서,

나의 가슴에 만족해야만 하겠지만, 그래도

노년이 시작될 때까지 겨울과 여름에

나의 서커스 동물들이 모두 출연하면 좋겠다,

저 죽마 탄 소년들, 저 윤나는 전차,

사자獅子와 여자와 주님이 아는 모두가.

2

내가 옛 주제들을 열거하는 것 말고 뭘 할 수 있겠나?

우선 코가 꿰어서 세 개의 마법 걸린 섬, 우화적인 꿈들

속에서 끌려다닌 저 바다-방랑자 오쉰,[1]

헛된 환락, 헛된 전쟁, 헛된 휴식,

옛날 노래들이나 궁중 공연을 장식했을 법한,

쓰라린 가슴, 혹은 그렇게 보이는 가슴의 주제들.

그런데 그를 태워 방랑하게 만든 내가 뭘 바랐나,

왜, 그의 요정 신부[2] 젖가슴을 갈망했나?

그 후에 그 연극을 가득 채웠던 역-진실,

『캐슬린 백작 부인』이 내가 극에 붙인 제목이었다.

그녀는, 연민에 미쳐서, 자기 영혼을 팔아버렸으나,

노련한 하늘이 개입해서 그 영혼을 구해주었다.

나의 귀인이 자기 영혼을 파괴하고 말리라는 생각에,

광신과 증오가 그 영혼을 노예로 삼게 했다,

그런데 이것이 한 꿈을 낳았고 금시에

이 꿈이 나의 모든 생각과 사랑을 독차지해 버렸다.

그리고 바보와 눈먼 인간이 빵을 훔쳐 가자

쿠홀린[3]이 난공불락 바다와 싸운 이야기.

가슴-신비극이었는데, 다 얘기하고 보니

그 극 자체도 나를 매혹한 꿈이었다 :

현재를 독점하고 기억을 지배하는

어떤 행위로 인하여 고립된 인물.

배우들과 채색 무대가 나의 사랑을 독차지했다,

그것들이 표상하는 실체들이 아니라.

3

완벽하기에 오만한 그 심상들은

순수한 마음에서 자라났는데, 무엇에서 비롯되었나?

어떤 쓰레기더미 혹은 거리의 쓰레질 찌꺼기들,

낡은 주전자, 낡은 병과, 찌그러진 깡통,

고철, 오래된 뼈, 낡은 누더기, 돈궤를 껴안고

악다구니하는 저 창녀. 이제 나의 사다리가 사라졌으니,

나도 그 모든 사다리가 시작되는 지점,

가슴의 더러운 누더기-뼈 상점 속에 누워야 할까 보다.

---

1 "오쉰(Oisin)"은 예이츠의 초기 시 「오쉰의 방랑기(The Wanderings of Oisin)」에 등장하는 영웅.

2 오쉰은 요정 니아브(Niabe)를 만나서 현실과 이상을 오가며 모험을 한다.

3 「바다와 싸우는 쿠훌린」을 언급하는 대목으로, 아일랜드 켈트신화에서 쿠훌린은 붉은 가지 기사단의 대장으로 그려진다.

위로받은 쿠훌린

Cuchulain Comforted

여섯 군데나 치명적인 상처를 입은 사내,
광포하기로 자자한 사내가, 시체 사이에서 활보하였다.
눈들이 나뭇가지 밖으로 노려보다가 사라졌다.

그다음에 머리를 맞대고 속삭이던 수의壽衣 몇이
다가왔다가 사라졌다. 사내가 한 나무에 기대어
마치 상처들과 피를 관조하는 것 같았다.

권위를 지닌 듯한 한 수의가
그 새 같은 물체들 사이로 다가와서, 아마포
한 묶음을 떨어뜨렸다. 사내가 가만히 있었기 때문에

수의들이 둘씩 셋씩 기어서 다가왔다.
이윽고 그 아마포-운반자가 말했다 :
"당신이 우리의 옛 법칙에 따라 수의를

짓는다면 당신의 삶이 훨씬 즐거워질 수 있소.
무엇보다도 저 무기들의 덜걱대는 소리가

우리를 두렵게 한다는 것을 아주 잘 알기 때문이오.

우리가 바늘귀에 실을 꿰어 줄 테니, 우리가 하는 대로
모두가 꼭 함께 해야만 하오." 그 말이 끝나자, 사내가
가장 가까이 있는 천을 집어 들고 바느질을 시작했다.

"이제 다 같이 최선을 다해 노래하고 노래할 차례요.
그런데 먼저 당신이 우리의 면면을 알아줬으면 좋겠소 :
모두가 살해된 친척들한테 겁쟁이로 낙인찍히거나

집에서 쫓겨나고 버려졌다가 겁에 질려 죽은 이들이오."
그들이 노래했는데, 인간의 가락도 가사도 아니었다.
모든 노래를 예전과 똑같은 방식으로 불렀지만,

그 노래들이 그들의 목청을 바꾸어 새들의 소리를
냈다.

에필로그

불벤산 기슭에
Under Ben Bulben

1

아틀라스의 마녀가 알았던
마레오티스 호수[1] 주변에서
현인들이 했던 말, 말하여
수탉들을 울게 했던 그 말에 걸고 맹세하라.

안색과 형체가 초인을 증표하는
저 기수騎手들에 걸고, 저 여인들에 걸고 맹세하라,
불멸의 바람을 쐬는
그 창백한, 긴 얼굴의 무리가
그들의 열망들을 완전하게 이루었다,
지금 그들이 불벤산을 배경 삼아
밝아오는 겨울 여명을 타고 떠오른다.

그들이 하고 싶은 얘기의 골자는 이것이다.

2

사람은 두 영원,

인종의 영원과 영혼의 영원 사이에서,

여러 번 살고 죽는다,

옛 아일랜드도 그것을 다 알고 있었다.

사람이 자기 잠자리에서 죽든

소총이 그를 구멍 내어 죽이든,

소중한 이들과 떨어지는 짧은 이별이

사람에게는 최악의 두려움일 수밖에 없다.

무덤 파는 일꾼들의 고생은 길지만,

그들의 삽도 날카롭고, 근육도 강하지만,

그들은 그저 그들이 묻은 사람들을

사람의 마음속에 다시 밀어 넣을 뿐이다.

3

"우리 시대에 전쟁을 보내주소서, 오 주여!"

미첼의 기도를 들었던 이들은 알고 있다

모든 말들이 끝나고

사람이 미친 듯이 싸우고 있을 때,

오랫동안 멀었던 눈에서 뭔가가 뚝 떨어지며,

편파적인 마음이 비로소 완전해져,

잠시나마 편안하게 서서,

크게 웃고, 마음이 평온해진다는 것을.

아주 현명한 사람조차

이런저런 폭력에 긴장하기 마련이다

그가 운명에 통달해서,

그의 과업을 깨닫거나 지기를 선택하기 전에는.

4

시인이여 조각가여, 과업을 수행하라,

유행을 좇는 화가여 위대한 선조들이

이룬 성과들을 기피하지 마라.

사람의 영혼을 신의 경지로 이끌어라.

그 영혼이 요람들을 올바로 채우게 하라.

측량이 우리의 힘을 창조하였다 :

한 엄격한 이집트인이 생각해낸 형식들,

한결 온순한 피디아스가 만들어낸 형상들.[3]

미켈란젤로는 시스티나 성당 천장에

한 증표를 남겼다,

겨우 반쯤 깨어난 아담이

지구를 총총 돌아다니는 부인의 마음을 어지럽혀

창자까지 뜨거워지게 하는 그곳에,

은밀히 작용하는 정신 앞에

정해진 어떤 목적이 있다는 증표를 :

바로 인간의 세속적 완성이다.

15세기는 그림 속에

신 혹은 성자를 위한 배경으로

영혼이 편히 쉬는 정원들을 그려 넣었다.

그 정원들에서 눈에 띄는 모든 것,

꽃들과 풀밭과 구름 없는 하늘이 모두,

실제로 있거나 그런 것 같은 형상들을 닮았다,

자는 사람이 깨었는데 여전히 꿈을 꾸는 양,

꿈이 사라지고 침대와 침대 틀만

남아 있는데도, 천국이 열렸다고

여전히 선언하는 양.

　　　　　자이어들은 계속 돈다.

그처럼 한결 위대한 꿈이 사라졌을 때

캘버트와 윌슨, 블레이크와 클로드도,[4]

팔머의 말마따나, 신의 백성들을 위한

쉼터를 마련해주었으나, 그 후에

혼돈이 우리의 사고를 덮치고 말았다.

5

아일랜드 시인들이여, 너희의 직분을 배우라,

뭐든 잘 만들어진 노래를 부르라,

요즘 생겨나고 있는 부류

발가락부터 머리끝까지 꼴사납기 짝이 없는,

기억하지 않는 가슴들과 머리들

비천한 침대의 천한 소생들을 경멸하라.

농민을 노래하라, 그다음에는

격렬히 말달리는 시골 신사들,

수사들의 성결을, 그다음에는

흑맥주 마시는 이들의 떠들썩한 웃음소리를.

7백 년의 영웅적인 세월을 거치며

밟히고 다져져서 흙으로 변한

즐거운 귀족들과 귀부인들을 노래하라.

너희의 마음을 지난날들에 쏟아라

그러면 다가올 날들의 우리에게도 여전히

불요불굴의 아일랜드 기질이 배어 있으리라.

6

헐벗은 불벤산 고개 아래
드럼클리프 교회 묘지에 예이츠가 누워 있다.
한 조상이 오랜 세월 전에 그곳의
교구 목사였고, 근처에 한 교회가 있고,
길가에 오래된 십자가가 서 있다.
대리석도 없고, 상투적인 비문도 없다.
그 근방에서 캐낸 석회암에
그의 유언에 따라 이 글귀가 새겨져 있다 :

삶에, 죽음에
차가운 시선 던지고,
기수여, 지나가시라!

(1938년 9월 4일)

1   "마레오티스 호수(Mareotic Lake)"는 이집트에서 기독교 수도원이 번성
     했던 곳으로, 셸리의 시 「아틀라스의 마녀(The Witch of Atlas)」에서 인
     간의 영혼이 꿈꾸는 한 지역으로 그려진다.

2   아일랜드 민족주의자 존 미첼(John Mitchel, 1815~1875)의 『교도소 일
     기(*Jail Journal*)』에 적힌 구절이다.

3   "피디아스(Phidias, 기원전 500?~432?)"는 그리스의 조각가로, 친구였던
     페리클레스(Pericles, 기원전 495~429)에게 전권을 위임받아 아테네의
     아크로폴리스 언덕에 파르테논 신전을 재건하였다. 그는 또한 아주 뛰
     어난 신상 제작자였다.

4   "캘버트(Denis Calvert, 1540~1619)"는 플랑드르(Flanders) 출신의 화
     가로 볼로냐파(Bolognese school)의 창시자, "윌슨(Richard Wilson,
     1714~1782)"과 "클로드(Claude Lorrain, 1600~1682)"는 풍경화가, "블레
     이크(William Blake, 1757~1827)"는 시인이자 화가였다.

W. B. 예이츠를 추모하며
(1939년 1월에 사망)

In Memory of W. B. Yeats

W. H. 오든

1

그는 한겨울에 사라졌다 :[1]

개울들은 얼어붙고, 공항들에는 사람이 거의 없고,

눈이 공공의 조각상들을 흉하게 만들었다.

수은주가 저물어가는 낮의 입에 물려 뚝 떨어졌다.

오 모든 계기計器들이 동조한다

그가 죽은 날은 어둡고 추운 날이었다고.

그의 병에 아랑곳없이

늑대들은 상록 숲속으로 계속 내달렸다,

시골 강도 멋진 부두들의 유혹에 넘어가지 않았다.

애도의 말들 덕분에

시인은 죽었어도 그의 시들이 남았다.

그러나 그에게는 그날이 시인으로서 마지막 오후였다,

간호사들과 소문들의 오후.

그의 몸 곳곳이 반항했다.
그의 마음 광장들이 텅텅 비었다.
고요가 그 교외들을 엄습하였다,
그의 감정 기류가 약해졌다. 그가 그의 숭배자들로
변했다.

이제 그는 수백의 도시로 흩어지고
낯선 애정들에 온전히 넘겨져서,
새로운 종류의 숲에서 행복을 발견하고
양심의 낯선 율법에 따라 벌을 받으리라.
죽은 사람의 말들은
살아 있는 이들의 직감 속에서 변형된다.

그러나 내일의 중대사와 소음 속에서
브로커들이 증권거래소의 입회장에서 짐승처럼 으
르렁대거나,
가난한 이들이 웬만큼 익숙해진 고통을 겪으며,
자기라는 감방에 갇혀 자유롭다고 착각할 때도,
몇천 명은 이날을 생각하리라
약간 특별한 뭔가를 했던 어느 날을 생각하듯이.

오 모든 계기들이 동조한다

그가 죽은 날은 어둡고 추운 날이었다고.

2

당신도 우리처럼 어리석었으나, 당신의 재능은
부유한 여자들의 교구, 육체의 노쇠, 당신 자신을 모두
견뎌냈다. 미친 아일랜드가 당신한테 입힌 상처가 시
로 변했다.
지금도 아일랜드의 광증과 날씨는 여전하다,
시는 아무 변화도 일으키지 못하기에 : 시는
행정가들이 절대로 손대고 싶어 하지 않는
저만의 말틀 골짜기에서 살아남아, 고독과
분주한 슬픔의 목장들, 우리가 믿고 살다 죽는
싸늘한 도시들에서 남으로 흘러간다. 시는
일종의 우발사건, 어떤 입으로 살아남는다.

3

대지야, 명예로운 손님을 맞이하라.
윌리엄 예이츠가 누워 영면에 들었다.

그 아일랜드의 그릇이
시를 다 비우고 눕게 하라.

용감하고 순진한 이들을
용납하지 않고,
아름다운 몸매에도
일주일이면 무심해지는 시간은,

언어를 숭배하고 언어를
살리는 모든 이를 용서하며,
비겁, 자만을 사면하고,
영광을 그들 각자에게 돌린다.

이런 이상한 구실로 키플링과
그의 견해들을 사면하였고,
폴 클로델을 사면할 시간이
그도 사면한다, 글을 잘 썼기에.[2]

어둠의 악몽 속에서
모든 유럽의 개들이 짖어대고,[3]
살아남은 국가들은
저마다 고립되어 증오에 빠져 있다.

지적인 치욕이
모든 사람의 얼굴에서 노려보고,
연민의 바다는
각자의 눈에 갇혀 얼어붙어 있다.

따라가라, 시인이여, 밤의
바닥까지 곧장 따라가라,
당신의 거침없는 목소리로
우리를 계속 설득하라, 기뻐하라고.[4]

시 농사를 지어서
저주의 포도원을 일구고,
심통의 황홀에 젖어
인간의 실패를 노래하라.

가슴의 사막에서
치유의 샘물이 솟게 하라,
시대의 감옥에 갇힌
자유인에게 찬미하는 법을 알려주라.

1   예이츠는 1939년 1월 28일에 프랑스에서 사망하였다.

2   키플링(Rudyard Kipling, 1865~1936)은 영국의 소설가이자 시인으로 제
     국주의적 성향이 강했고, 클로델(Paul Claudel, 1868~1955)은 프랑스의
     극우파 작가이자 외교관이었다. 여기서 "그"는 예이츠를 가리킨다.

3   '전쟁'을 예견하는 대목으로 보인다. 제2차 세계대전은 1939년 9월에 발
     발하였다.

4   예이츠의 시 「자이어」에서 2연 마지막 행의 마지막 구절.

W. B. 예이츠의 삶과 문학

William Butler Yeats, 1865.6.13~1939.1.28

윌리엄 버틀러 예이츠(1865.6.13~1939.1.28)
존 싱어 사전트, 1908년 작

윌리엄 버틀러 예이츠는 1865년 6월 13일 아일랜드 더블린의 샌디마운트에서 태어났다. 아버지 존 버틀러 예이츠1839~1922는 아일랜드의 유명한 초상화가, 어머니 수전 메리1841~1900는 부유한 상인의 딸이었다. 윌리엄은 이 부부의 2남 2녀 중 맏이로, 밑으로 수전1866~1949과 엘리자베스1868~1940 두 여동생과 남동생 잭1871~1957이 있었는데, 잭은 훗날 아일랜드의 유명한 화가로 성장한다.

1867년, 예이츠가 두 살 때, 가족이 런던으로 이사하였다. 화가로 성공하고픈 아버지의 열망 때문이었다. 예이츠는 1877년 열두 살에 서런던 템스강 강변에 있는 한 기숙학교에 들어갔고, 그전까지는 남매들과 집에서 부모로부터 교육을 받았다. 기숙학교에서 예이츠의 성적은 고만고만했으며 다른 과목에 비해 라틴어 성적이 좀 나았으나 그마저도 맞춤법이 뒤죽박죽이었다고 한다. 예이츠 가족은 돈에 쪼들리다가 1880년 말에 아일랜드로 돌아와서 더블린 근교의 어촌마을 호스에서 살게 된다. 예이츠는 더블린 에라스무스 스미스 고등학교에 들어갔고, 아버지의 화실이 학교 근처에 있어서, 많은 시간을 그 화실에서 보내며 더블린의 많은 예술가와 작가들을 만났다. 이때부터 그는 시를 쓰기 시작했으며, 1885년에 두 편의 시가 『더블린 유니버시티 리뷰』에 실렸다. 예이츠는 메트로폴리탄 미술학교에 다니며1884~1886 시를 썼는데, 이 무렵에 쓴 작품들은 엘리자베스시대의 에드먼드 스펜서1552?~1599, 낭만주의시대의 퍼시 비쉬 셸리1792~1822, 빅토리아 여왕시대 라파엘전파 시인들의 작풍과 색채가 농후하다.

1887년에 예이츠 일가는 다시 런던으로 향한다. 그리고 3년 후인 1890년에 예이츠는 영국의 작가 어니스트 라이스1859~1946와 시인 클럽을 결성한다. 시인 클럽은 런던 플리트 가의 한 선술집체셔치즈에 모여 함께 술을 마시며 자작시를 낭송하던 시인들의 모임으로, 1892년과 1894년에 『시인 클럽 시선집』을 냈다. 여기에 모인 시인들은 훗날 예이츠의 말대로, "비극적인 세대"로 통하였다.

한편, 예이츠는 평생 비술에 관심이 많았다. 그는 1885년 더블린에 있을 당시에 '더블린 연금술 교단'의 결성에 가담한 후로, 신지학회, 황금의 효 교단에도 가입하여 적극적으로 활동하였다. 신지학회는 러시아 귀족 출신의 여성 헬레나 페트로바 블라바츠키1831~1891와 미국 출신 헨리 올콧 대령1832~1907의 주도로 1875년 11월에 뉴욕에서 창설된 국제적인 종교 단체로, 신비주의적인 종교관을 바탕으로 모든 종교의 융합과 통일을 지향하였다. 그리고 황금의 효 교단은 1888년 3월 1일에 마술 연구가 웨스트코트, 매더스와 우드만 등에 의해 창설된 신비주의 교단이다.

신지학협회는 동양의 비교를 중시했으나, 황금의 효 교단은 서양의 카발라유대교의 신비주의, 점성술, 타로점, 흙점 등의 비의를 공부하고 익힘으로써 정신 함양을 꾀하였다. 이들의 행동 목표는 대영박물관 같은 곳에 잠들어 있는 고대의 밀의 원문들을 해독해서 서양의 비의를 부활시키는 데 있었다. 이 교단은, 일종의 권위

부여로, 독일 '비밀 수령'의 지시로 활동한다는 형식을 강조했는데, 철학자 베르그송의 누이매더스의아내, 극작가 오스카 와일드의 부인 등이 가담해서 활동하였다. 예이츠가 낭만주의시대의 화가-시인 윌리엄 블레이크1757~1827의 예언서들, 스웨덴의 신비주의 철학자 스베덴보리1688~1772, 플라톤주의와 신-플라톤주의 철학, 연금술 등에 깊이 빠져든 것도 모두 그런 활동의 일환이었다. 이런 독특한 경험들이 훗날 그의 상징주의 시들에 깊이 배어들었다고 할 수 있겠으나, 블라바츠키 부인이 직접 신지학회에서 예이츠를 쫓아냈다고 하니, 그리 맹신자는 아니었던 모양이다.

그리고 1889년, 예이츠는 모드 곤1866~1953을 만난다. 곤은 영국 태생의 아일랜드 혁명가로, 열렬한 여권운동가이자 배우였다. 예이츠의 나이 스물넷, 그녀의 나이 스물세 살이었다. 곤의 아름다움과 거리낌 없는 태도에 흠뻑 빠져버린 예이츠는 만난 지 2년 만인 1891년에 런던에서 아일랜드로 돌아가 그녀에게 청혼하지만, 그녀의 대답은 안타깝게도 '싫다'였다. 이때부터 예이츠의 말대로, 그의 "인생 근심이 시작되었다". 그는 1899, 1900년과 1901년에도 곤에게 청혼했으나 번번이 싫다는 답만 메아리처럼 되돌아올 따름이었다. 그런데 1903년에 그녀가 느닷없이 아일랜드 민족주의자 존 맥브라이드1868~1916와 결혼을 해 버린 것이었다. 순진하고 가엾은 예이츠에게는 참으로 원망스러운 일이었겠으나, 민족주의 투사가 투사를 선택한 것을 어찌 원망할 수 있으랴! 부질없는 생각일지 모르겠지만, 만일 곤이 예이츠를 택했다면 어땠을까? 아마 모드 곤과 관련된 그의 명시들이 아예 창작되지 않았거나, 설령 세상에 나왔더라도, 그리 위대한 작품은 되지 못했을 것이다.

예이츠의 시에서 모드 곤에 버금가게 자주 등장하는 또 다른 여인이 그레고리 부인1852~1932이다. 그레고리 부인은 극작가요 민속학자로, 아일랜드 문예 부흥을 주도한 여걸이자 문예 후원자였다. 예이츠의 시에서 여러 차례 언급되는 그녀의 영지 골웨이의 '쿨 파크'는 아일랜드 문예 부흥운동을 주도한 문인들의 회합소였다. 예이츠는 극작가 에드워드 마틴1859~1923의 소개로 1896년에 그녀를 처음 만났다. 이 셋에 소설가 겸 극작가 조지 무어1852~1933까지, 네 명의 뜻있는 문인들이 합심하여 1899년에 아일랜드 문예 극장을 설립하고, 존 싱1871~1909, 숀 오케이시1880~1964 같은 극작가들과 함께 아일랜드의 연극 발전에 공헌하기에 이른다.

예이츠는 1904년 12월 24일 애비 극장 개관일 밤에 무대에 올린 1막의 극 〈캐슬린 니 훌리한〉을 비롯하여모드 곤이 여주인공이었다, 일본의 전통 가면극 〈노〉를 모방해서 지은 〈매의 우물에서〉1917와 〈무희를 위한 네 극〉1921 같은 다양한 작품들을 직접 써서 무대에 올렸고, 극장 이사진의 한 사람으로서 죽을 때까지 극장의 운영에 관여하였다. 〈매의 우물에서〉와 〈무희를 위한 네 극〉은 시인 에즈라 파운드1885~1972와의 인연으로 짓게 된 작품들이다. 예이츠를 (당시에) "진지하게 연구해 볼 가치가 있는 유일한 시인"으로 간주한 파운드는 1913년에 런던에서 예이츠를 처음 만나, 그의 비서를 자청하고, 그해부터 1916년까지 겨울마다 서식스의 스톤 카티지에서 예이츠와 함께 보냈다. 이미지즘운동의 기수로 통하는 파운드는 당시 새로운 형식을 통해 현대시를 혁신할 방안을 모색하는 중이었고, 일본의 단가나 배구하이쿠가 형식적인 대안으로 떠오른 참이었다. 그때 마침 파운드는 일본에서 교수를 지낸 어니스트 페넬로사1853~1908의 유작 영어 번역 원고를 그의 미망인으로부터 입수해서 정리하고 있었다. 그중에서 예이츠가 일본의 전통 가면극 원고를 보고 큰 자극을 받아서 지은 작품들이 〈매의 우물에서〉와 〈무희를 위한 네 극〉이었다.

아무튼, 그 모든 일이 문예 부흥을 통해 아일랜드 국민을 변모시킬 수 있으리라 믿고 시작한 일이었다. 그러나 현실은 그리 녹록하지 않았다. 예이츠 자신도 '비종교적이고 반-가톨릭적이고 반-아일랜드적인 사람'이라고 비난받기 일쑤였다. 게다가 1907년 1월 26일에 애비 극장 무대에서 첫선을 보인 싱의 〈서쪽 세상의 한량〉은 비난의 표적이 된 것도 모자라, 상연 도중에 관객들이 분노해서 폭동을 일으키는 초유의 사태까지 벌어졌고, 1911년의 미국 순회공연에서도 비슷한 소란이 일었다. 예이츠는 이 사건에 「〈한량〉에 대한 비난」이라는 시로 격하게 대응한다.

> 옛날, 한밤이 대기를 덮치자,
>
> 환관들이 지옥으로 내달려 들어가
>
> 지옥문 근처에 모여서, 말 타고 지나가는

위대한 후안을 응시했듯이,

이들처럼 저 늠름한 넓적다리에

발광해 악담하며 진땀 빼는 것일 뿐.

더블린과 더블린 사람들이 예이츠나 그의 동료 작가들에게
그랬듯, 예이츠에게도 더블린은 "예의 없는 도시"로 낙인찍혀, 더
블린 사람들과 함께 여러 차례나 비난의 표적이 되었다. 그레고
리 부인의 조카 휴 레인1874~1915이 수집한 미술품들을 보관할 미
술관 건립에 매우 미온적으로 반응하는 더블린 중산층 시민들의
태도를 보고 화가 나서 지었다는 유명한 「1913년 9월」에서도, 예
이츠는 이렇게 말하고 있다.

왜 당신들이 필요하겠나, 철이 들어도,

번들거리는 돈궤나 만지작거리고

한 푼에 반 푼을 더하고

떨리는 기도에 기도를 더하느라,

뼈에서 골수를 다 말려버리고 마는데?

사람들이 기도하고 건지려고 태어났으니 :

낭만적인 아일랜드는 죽었다 사라졌다,

오리어리와 함께 무덤에 묻혀 버렸다.

그리고 예이츠가 모드 곤에게 마지막으로 청혼한 것이 1916

년 여름, 그의 나이 51세 때의 일이다. 1916년 부활절 봉기에 가담한 죄로 체포된 곤의 남편 맥브라이드 소령이 사형을 당해 저세상으로 떠난 후였다. 예이츠의 이 마지막 청혼은 곤과 진심으로 결혼하고 싶은 마음에서라기보다는 일종의 의무감에서 의례적으로 청한 것이었고, 곤 자신도 의례적으로 거절했다. 정황이 의심스럽기는 하지만, 몇 달 후에 예이츠는 곤의 딸 이졸트 곤1894~1954에게 청혼하였다. 이졸트는 열다섯의 나이에 예이츠에게 청혼했다가 거절당한 적이 있는데 이번에는 그녀가 그의 청혼을 거절한다. 그리고 그해 9월에 예이츠는 다시 24세의 조지 하이드 리즈1892~1968에게 청혼한다. 곤을 만나기 전에 예이츠와 잠시 연인 사이였던 영국의 소설가이자 극작가 올리비아 셰익스피어1863~1938의 소개로 한 마술 동아리에서 만난 여인이었다. 나이 차가 많이 났으니 주변 사람들의 반대가 이만저만이 아니었을 것이다. 그러나 조지는 예이츠의 청혼을 받아들였고 두 사람은 그해 10월 20일에 결혼식을 올렸다.

두 사람의 결혼 생활은 성공적이었다. 아마, 예이츠의 여성 편력에 대한 미움과 원망보다는 남편을 존경하는 마음이 더 컸다는 아내 덕분이었을 것이다. 예이츠 부부는 앤1919~2001, 화가 겸 무대 디자이너과 마이클1921~2007, 변호사 겸 아일랜드 상원의원 남매를 두었다. 신혼 초에 부부는 소위 "자동 기술"을 실험했는데, 그 결과가 1925년에 출간된 예이츠의 유명한 『비전』이요, 그의 후기 시들이다. 자동 기술이란 초자연적인 힘에 의해 무아지경 또는 최면 상태에 빠져서 무의식적으로 글을 쓰는 방식으로, 특히 예이츠 부인의 '접신 능력'이 탁월했다고 알려져 있다. 그 접신 능력이 남편의 시 욕구를 자극하고 그를 집에 붙들어 두는 효과적인 방편이었는지도 모른다.

아일랜드는 1921년 12월 6일에 12세기부터 이어져 온 영국의 지배에서 벗어나 마침내 독립하였다. 그러나 거기에는 당시 아일랜드섬에 있던 32군 중에서 북부 6개의 군이 영국령 북아일랜드로, 나머지 26군이 아일랜드자유국으로 분할되는 아픈 역사가 숨어 있다. 아일랜드자유국은 1937년 7월 1일에 제정되고 1949년에 개정된 헌법에 따라 '아일랜드 공화국'으로 개명되어 오늘에 이르게 되었다. 예이츠는 1922, 1925년에 아일랜드자유국의 상원의원으로 임명되어, 검열, 건강보험, 이혼, 아일랜드어, 교육, 저작권 보호, 국제연합 가입 등과 같은 현안들에 큰 관심과 노력을 쏟았다고 전해진다. 그리고 1923년 12월에, 그는 노벨문학상을 받는다. 예이츠는 노벨상 수락 연설에서 자신을 아일랜드 민족주의와 문화적 독립의 한 기수로 소개하며, 노벨상 수상을 십분 활용하여 영국의 지배에서 갓 독립한 아일랜드를 세상에 널리 알리고자 하였다. 그의 노벨상 수상은 그간 출간된 책들의 판매로 이어졌고, 그제야 예이츠는 처음으로 큰돈을 벌어 자신의 빚뿐 아니라 아버지의 빚까지 청산할 수 있었다.

말년에 들어서도 예이츠는 정열적으로 작품을 써서 세상에 내놓았으며, 세계적인 명사라서 그랬는지 아니면 늙어갈수록 젊음이 탐나서 그랬는지는 알 수 없으나, 숱한 젊은 여인들과 낭만적인 연애를 즐겼다. 그의 말년 작품 중에서 '소녀를 탐하는 노인'의 모습이 그려진 시가 여러 편 눈에 들어오는 것을 보면, 괜한 이야기는 아닌 듯하다. 또, 예이츠는 1930년대에 득세한 이탈리아의 무솔리니1883~1945를 숭배하여 잠시 파시스트라는 비난을 받았는데, 노인이 소녀에게 눈길을 빼앗기듯, 아니면 (그런 시술까지 받았다고 하니) 회춘한 김에 카리스마 넘치는 지도자의 활력에 혹해서 그랬는지는 알 수 없다. 그러나 예이츠의 오판이나 착각 여부를 떠나서, 그의 무솔리니 숭배는 그의 복잡한 자이어 이론을 20세기 초반 당시 세계의 긴박한 상황에 그대로 적용한 예로 볼 수 있다. 예이츠는 「재림」 끝 부분에서 "이제야 흔들리는 / 한 요람 때문에 돌처럼 잠든 스무 세기가 / 괴로운 악몽에 시달리게 되었음을 알았거늘, / 또 어떤 험악한 짐승이, 마침내 때가 되어, / 태어나려고 베들레헴 향하여 몸을 굽히는가?"라고 말하고 있다. 이 말은 그리스도의 탄생부터 2,000년간 구가한 기독교 사회 또는 문화가 마침내 쇠퇴하고, "험악한 짐승"으로 대변되는 적그리스도의 역사가 임박했다는 암시로, 예이츠는 무솔리니를 새로운 역사의 주도자로 평가하고 그로 인해 새로운 시대가 도래하기를 기대했는지 모른다. 「청금석 부조」나 「시립 미술관 재방문」 같은 후기 시들을 감안하면, 예이츠가 기대한 것은 폭력적인 전쟁이 아니라, 기독교 이전의 그리스와 로마에서 오랫동안 융성했던 문화나 예술의 부흥 같은 것이 아니었을까.

흔히, 초기에는 주로 낭만주의풍의 서정시를 쓰다가, 한결 사실주의적인 시풍을 거쳐, 심미주의 및 상징주의 시풍으로 거듭났다고 평가되는 아일랜드 출신의 위대한 세계시인 윌리엄 버틀러 예이츠 ─ 그는 프랑스 남동부 해안 도시 망통의 한 호텔에서 1939년 1월 28일 74세를 일기로 숨을 거두었다. 죽기 전에 고인이 아내에게, "내가 죽거든 나를 거기로크브륀느카프마르탱에 묻었다가 일 년 후에 신문들이 나를 다 잊거든, 나를 파서 슬라이고에 묻어주오"라는 유언을 남겼다고 한다. 그러나 그해 가을에 제2차 세계대전이 발발하는 바람에 예이츠의 유언이 이루어지지는 않았다. 그리고 그가 죽은 지 거의 10년 만인 1948년 9월에 그의 유해가 수습되어 슬라이고 드럼클리프의 작은 개신교 교회 묘지에 안장되었다. 유족들이 유해를 옮기려고 무덤을 팠으나 아무것도 없어서 경악을 금치 못했다는 일화가 전해지는데, 알고 보니 프랑스의 관습에 따라 두개골과 나머지 뼈가 분리된 채 유골함에 들어 있었던 것이었다. 우여곡절 끝에 그의 유골을 회수해서 아일랜드 땅에 묻긴 했으나, 그 후로 엉뚱한 사람의 유골을 묻은 게 아닌가 하는 소문이 아직도 심심찮게 돌고 있다. 당시 아일랜드 해군이 유해의 운구를 도맡아 처리했는데, 흥미롭게도, 그 일을 담당한 사람이 하필이면 모드 곤과 맥브라이드 소령의 아들, 숀 맥브라이드였다. 참으로 끈질긴 인연이자 얄궂은 운명이 아닐 수 없다.

예이츠의 유해가 묻힌 드럼클리프의 개신교 묘지는 그의 『최후시편』1939에 수록된 「불벤산 기슭에」에 자세히 명시되어 있는 장소로, 그의 묘비도 이 시에 적혀 있는 문구대로 새겨졌다.

삶에, 죽음에   *Cast a cold eye*

차가운 시선 던지고,   *On life, on death.*

기수여, 지나가시라!   *Horseman, pass by!*